W0280941

Frank Schliedermann

Die Trauerfeier

Roman

asphalt & anders Verlag

© 2016 asphalt & anders Verlag, Hamburg
Alle Rechte vorbehalten
www.asphalt-anders.de

Satz: Nico Schröder, Hamburg
Titelgestaltung: Monika Götz, Fischbach, unter Verwendung des Bildes Millennium von plainpicture
Gesamtherstellung: CPI Books, Leck

ISBN 978-3-941639-11-9

Die Personen

Viktor – ist tot.

Ronno – regt das auf.

Uwe – denkt an früher.

Isabel – wäre fast nicht gekommen.

Paul – trägt es mit Fassung.

Christa, seine Frau – nicht.

Der Wirt – schenkt seinen Gästen nach

und staunt nicht schlecht.

1

Bitte, Leute, nicht schon wieder!

»Ich hasse Beerdigungen.«

Ronno redet schon eine Weile auf die anderen ein. Seit der Sarg aus der Kapelle hinaus auf den Friedhof getragen und an Seilen hinab in die Erde gelassen wurde, redet Ronno unentwegt. Wie schrecklich das alles sei. Sich unter diesen Umständen wiederzusehen. Auf einer Beerdigung. Ausgerechnet hier. Die alten Freunde. Die armen Eltern. Was hat sich Viktor nur dabei gedacht? Sich einfach eine Kugel in den Kopf zu jagen, noch dazu aus dem Jagdgewehr seines Vaters? Eine verfluchte Sauerei sei das.

»Das musste doch nicht sein.«

Vorhin auf dem Friedhof ist er Viktors Eltern nicht von der Seite gewichen. Mit staatsmännischer Geste schüttelte Ronno den anwesenden Trauergästen die Hand, dankte dem Pfarrer für dessen aufrichtige Worte. Anschließend lud er ihn und einige andere Gäste zu Kaffee und Kuchen in die *Alte Post* ein. Im Namen der Familie. Jetzt wandert Ronnos Blick über die leeren Stühle im Speisesaal, über die mit benutztem Geschirr übersäten Tische. Seine Stuhllehne ächzt unter der Last seines massigen Körpers, als er sich hinüberbeugt, um eine der Kaffeekannen auf dem Nachbartisch zu erreichen.

»Kaffee ist auch keiner mehr da.«

»Ist ja gut, Ronno, wir wissen es langsam.« Uwe fährt mit seiner Zunge über das Papier einer selbst gedrehten Zigarette. »Niemand geht gern auf eine Beerdigung.« Er blickt in die Runde, als habe er ausgesprochen, was alle denken. Doch Isabel, Paul und Christa scheint Ronnos Gerede nicht weiter zu stören. Immer noch besser als die unweigerlich einsetzende Stille, die sich wie ein unangenehmer Geruch ausbreitet, sobald Ronno einen seiner Monologe unterbricht. Um sich ein Stück Torte in den Mund zu stopfen oder um der jungen, ungeschickten Aushilfe hinterherzuschauen, der Tochter des Ortsvorstehers, die gerade den Speisesaal betritt, um die Tische abzuräumen. Mit ihren pechschwarz lackierten Fingernägeln, ihrem hübschen, etwas gelangweilten Gesicht, vor allem aber mit einer fingerbreiten Laufmasche, die sich ihren dürren Oberschenkel hinauf bis unter den Saum ihres Rockes zieht, hat sie am Nachmittag für einigen Gesprächsstoff gesorgt. Nur nicht bei Viktors ältesten Freunden. Paul starrt schon seit einer Weile teilnahmslos vor sich hin. Christa und Isabel gähnen beinahe gleichzeitig.

»Wie kann man seinen Eltern so etwas antun?«

»Woher sollen wir das wissen, Ronno? Merkst du nicht, dass du allen auf die Nerven gehst? Kein Wunder, dass Viktors Eltern vorhin die Flucht ergriffen haben.«

»Was willst du damit sagen?«

»Nichts. Nur dass sie plötzlich weg waren. Ziemlich plötzlich, wenn du mich fragst.«

Viktors Mutter verließ die Trauerfeier noch vor dem Pfarrer. Ihr plötzlicher Aufbruch hat niemanden wirklich überrascht. Drei Nächte zuvor war sie von einem lauten Knall aus dem Schlaf gerissen worden. Auf dem Weg die Kellertreppe hinunter hatte sie noch um ihr eigenes Wohl gefürchtet. An alles, was danach passierte, den Anblick der Leiche, den aufklaffenden Schädel, Viktors nackte Füße und die düster in ihr aufsteigende Gewissheit, daran hatte sie nur noch bruchstückhafte Erinnerungen. Als sei in dieser Nacht auch ihr Kopf zerplatzt.

Die eintreffende Polizei, die Fragerei des Notfallpsychologen und nicht zuletzt der obligatorische Papierkram hatten ihr danach kaum Zeit zum Luftholen gelassen. Unzählige Entscheidungen mussten getroffen werden. Tapfer zeigte Viktors Mutter auf einen der Särge aus dem Katalog des Bestatters, während unten im Keller noch immer Gehirnsplitter ihres Sohnes, Hautfetzen mit Blut und Haaren daran, aufgewischt wurden. Das letzte Geleit musste mit dem Pfarrer abgestimmt, die Todesanzeige formuliert und bei der Redaktion der Lokalzeitung aufgegeben werden. Viktors Mutter fühlte sich unendlich müde, als sie im Anschluss an die Beerdigung den Speisesaal der *Alten Post* betrat. Nachdem sie eine Tasse dünnen Kaffee und ein Stück Bienenstich hinuntergewürgt hatte, stand sie einfach auf und bat ihren Mann, sie nach Hause zu begleiten.

»Nur damit du es weißt, Uwe, Viktors Vater hat sich beim Rausgehen persönlich bei mir bedankt. Das hätte er wohl kaum getan, wenn ich ihm die ganze Zeit auf die Nerven gegangen wäre.«

Viktors Vater war es sichtlich unangenehm, seine Gäste so früh im Stich zu lassen. Er wirkte steif und unbeholfen, während er seiner Frau in den Mantel half. Auf dem Weg zur Tür schüttelte er wahllos einigen Gästen die Hand, um sich für ihr Kommen zu bedanken. Unter anderem auch Ronno, der sich ihm breitbeinig in den Weg gestellt hatte.

Anschließend begleitete Viktors Vater seine Frau nach Hause, obwohl er schon seit Jahren nicht mehr mit ihr zusammenlebte. Sein Schritt verlangsamte sich, je näher er dem Haus kam, das er einst voller Wut und Selbstmitleid verlassen hatte, um ein Dorf weiter in eine möblierte Zweizimmerwohnung zu ziehen. Viktors Mutter spürte seine Beklommenheit. Auch wenn ihr der Mann, der nun schweigend neben ihr ging, im Lauf der Jahre fremd geworden war. Sie griff nach seinem Arm und lenkte ihre gemeinsamen Schritte auf einen kleinen Umweg durch die angrenzenden Felder. Als Kind hatte Viktor oft hier gespielt und sich in den Bäumen vor dem Abendessen versteckt. Dankbar für diese Minuten der Ruhe und der wiedererlangten Vertrautheit waren beide froh, die Beerdigung ihres einzigen Sohnes hinter sich zu haben. Aber sie hatten nicht die Flucht ergriffen. Auch wenn Uwe das gern so gesehen hätte.

»Gut, dass wenigstens wir da waren«, versucht Christa das Gespräch in eine andere Richtung zu lenken. Dabei streicht sie einige Flusen von ihrem schwarzen, knielangen Rock aus grobem Stoff, den sie extra für die Beerdigung gekauft hat und der sich nun um ihre Schenkel spannt wie Fell über eine Trommel. »Von den Gästen auf dem Friedhof hat sich ja kaum jemand blicken lassen.«

»Eben«, sagt Ronno und nickt, als habe er nur auf sein Stichwort gewartet. »Wo waren denn die Leute aus dem Dorf? Die Nachbarn, die Freunde der Eltern? In diesem Kaff kennt doch jeder jeden.«

Christa nickt. Auch sie hatte sich das anders vorgestellt. Eine Beerdigung auf dem Land. Ein alter Gasthof, bis auf den letzten Platz gefüllt. Der Geruch von Kaffee und Schwarzwälder Kirschtorte. Ein undurchdringliches Gemurmel wie eine Dunstglocke über dem Raum. Männer mit gelockerter Krawatte und aufgekrempelten Ärmeln, die an der Theke ihr Bierglas erheben und ein paar Phrasen dreschen. Stattdessen herrschte den ganzen Nachmittag über ratloses Schweigen im Saal. Wenn etwas gesagt wurde, dann hinter vorgehaltener Hand. Warum hatte der Junge das getan? Der kleine Viktor, der als Kind so süß und pausbackig war? Ein cleverer Schüler und ein ebenso cleverer Linksaußen. Jeder konnte sich an Viktor erinnern. Auch wenn das Wenige, das sie noch von ihm wussten, mehr als zwei Jahrzehnte zurücklag und kaum als plausible Erklärung für irgendetwas taugte. Daher verstummten ihre Gespräche bald wieder, und ihr gesenkter, fragender Blick blieb ohne eine tröstende Antwort. Nicht mal das Bier wollte so recht schmecken. Für die Leute aus dem Dorf würde Viktors Tod für immer ein Rätsel bleiben. Eins, über das man nicht gern sprach. Daher verließen sie sofort das Lokal, nachdem Viktors Eltern aufgebrochen waren. Sie waren ja auch nicht, wie seine Freunde aus der Stadt, eigens für die Trauerfeier angereist. Und sie würden auch nicht gleich morgen früh wieder verschwinden.

»Viktor war doch kaum noch hier in den letzten Jahren«, sagt Christa nach einer Weile. »Wahrscheinlich kannte ihn gar keiner mehr.«

Paul, ihr Ehemann, hebt den Kopf. Als er das letzte Mal etwas gesagt hat, räumte der Wirt gerade die Kuchenplatten ab und fragte die verbliebenen Gäste erstmals, ob noch jemand einen Wunsch habe.

»Aber Schatz! Man geht doch nicht nur auf eine Beerdigung, weil man den Toten kannte. Sondern vor allem, um den Angehörigen zu kondolieren.«

Versöhnlich legt er Christa die Hand auf den Oberschenkel. Ohne Erfolg.

»Nach der Logik dürfte ich überhaupt nicht hier sein. Ich kannte seine Eltern ja kaum.« Ihre Blicke treffen sich. Paul und Christa sind seit Jahren verheiratet. Sie haben sich in einem Strafrechtsseminar im zweiten Semester kennengelernt. Schon damals sind sie allen mit ihrer Haarspalterei auf die Nerven gegangen. Nie streiten sie sich wirklich, immer geht es nur darum, recht zu haben. Oder recht zu bekommen. Es gehört so selbstverständlich zu ihrer Ehe, so wie sich andere Paare Filme anschauen oder zweimal im Jahr einen Kurzurlaub machen. Sie können gar nicht anders. Vor allem Paul, dessen reservierter, stets etwas mürrischer Gesichtsausdruck in solchen Momenten einem geradezu abenteuerlustigen Enthusiasmus weicht. Als Christa ihn damals kennenlernte, dürr, mit zerplissenem, an der Stirn klebendem Haar und diesem albernen Zahlenschloss an seinem Aktenkoffer, hielten alle Paul für einen unverbesserlichen Streber. Inzwischen ist aus ihm ein erfahrener Gesellschaftsrechtler geworden. Die dunklen, schmal geschnittenen Anzüge, der kerngesunde Teint und seine tadellosen Manieren verleihen Paul eine Souveränität, von der er als Erstsemester so weit entfernt war wie von einem Gesicht ohne Pickel. Selbst die sichtbar ergrauten Haare sind mittlerweile perfekt frisiert. Alles, was noch an den Streber von einst erinnert, ist seine Vorliebe für Rindsleder und die Tatsache, dass er es sich nicht verkneifen kann, seine Frau mitunter kleinlich zu korrigieren.

Christa dagegen war schon immer herzlich und unkompliziert und mit dem Selbstbewusstsein einer Frau gesegnet, die sich bei wichtigen Entscheidungen stets auf ihr Gefühl verlassen kann. Als Christa mitten im Studium schwanger wurde und ihr erster Sohn Marco zur Welt kam, zögerte sie keine Sekunde. Sie unterbrach ihr Studium und heiratete Paul, der damals bereits als Anwalt arbeitete. In den darauffolgenden Jahren wurde Christa zur »Mutter der Kompanie«, wie Uwe sie eines Abends nannte, während sich alle um ihren Küchentisch scharten und einen Linseneintopf löffelten, den Christa nach einem Rezept ihrer Großmutter gekocht hatte. Christa hatte kein Problem damit, ihre beruflichen Ambitionen eine Zeit lang aufzuschieben, um das Kind und die gemeinsame Wohnung zu hüten, später das Haus. Im Gegenteil, noch heute sagt sie manchmal, dass sie die Studentenzeit vermisse. Aber wehe, Paul wagt es, sie zu verbessern oder sie wie eine Hausfrau mit abgebrochenem Studium zu behandeln.

»Was willst du überhaupt damit sagen, Paul? Würdest du auch nicht zu meiner Beerdigung kommen, nur weil du meine Eltern nicht leiden kannst?«

Christa blickt in die Runde. Die anderen hat sie schnell auf ihrer Seite.

Paul verkneift sich eine unüberlegte Antwort. Wie immer, wenn Christa gleich alles auf sich bezieht. Auf ihre Ehe. Es ist ihre Art, sachlichen Argumenten auszuweichen, auf ein Terrain, auf das ihr Paul nicht zu folgen bereit ist. Paul schweigt dann lieber und wirft seiner Frau einen Blick zu, der so viel bedeutet wie: Ende der Debatte.

»Tja«, lacht Ronno los. »Wahre Freunde erkennt man erst im Tod, Christa.«

»In der Not«, berichtigt ihn Uwe. »Es heißt: Wahre Freunde erkennt man in der Not.«

»Dann eben in der Not, Schlauberger! So oder so, es stimmt allemal.«

»Du musst es ja wissen, Ronno«, mischt sich jetzt auch Isabel ein. Bis dahin hat sie gelangweilt in einem Stück Zitronenrolle herumgestochert, ohne einen einzigen Bissen davon zu essen. Jetzt steckt sie sich einen großen Löffel in den Mund und schließt genüsslich die Augen, als könne sie Ronnos vergiftetes Lächeln darauf schmecken.

»Ich weiß gar nicht, was ihr habt«, sagt sie nach einem weiteren Löffel. »Schaut euch doch nur mal um in dieser Bruchbude!«

Blicke wandern die Decke des Speisesaals entlang, über die Bilder und gerahmten Fotos an den Wänden hinab bis hin zu einem alten Klavier aus abgenutztem Wurzelholz, dessen Klaviatur vergilbt und mit einer klebrigen Schicht aus Bierdunst und Zigarettenqualm überzogen ist. Die Klappe lässt sich schon seit Jahren nicht mehr schließen.

»Hier zieht es aus jeder Ritze. Alles riecht nach Essen. Und überall diese Energiesparlampen!« Sie deutet auf eine notdürftig ausgebesserte Stelle neben dem Kronleuchter. »Da oben bröckelt schon der Putz ab. Und dann diese Tapeten! Die hingen doch schon hier, als Viktor getauft wurde.«

Isabel ist von sich selbst überrascht. Es ist Jahre her, dass sie dieses wellige Foto von Viktors Taufe in einem Schuhkarton gefunden hat. Ein Wunder, dass sie sich jetzt so genau daran erinnert. Viktor, als Säugling auf dem Arm seiner Mutter. Seine Eltern stehen, umringt von ihren Geschwistern, in der Ecke neben dem Klavier und strahlen um die Wette. Auf dem Schemel sitzt Viktors Onkel Willi und hämmert eine seiner gefürchteten Vierviertelnummern in die Tasten. Isabel hatte damals herzlich gelacht, als Viktor ihr das Foto zeigte und erzählte, er sei als Kind überzeugt gewesen, Onkel Willis wuscheligen Haare hätten sich im Muster der Tapete verfangen und er würde in Wahrheit nicht singen, sondern vor Schmerzen schreien.

»Und ihr wundert euch, dass es hier niemand lange ausgehalten hat?« Sie schiebt den Teller mit der Zitronenrolle endgültig beiseite, faltet ihre Serviette zusammen und legt sie vor sich auf den Tisch. Sie kramt ein Zahnpflegekaugummi aus ihrer Handtasche und lässt sich mit einem Seufzer zurück in ihren Stuhl fallen. »Der Laden ist unmöglich. Total heruntergekommen. Ich kapiere überhaupt nicht, wie die Leute das hier aushalten.«

Den letzten Satz hat sie direkt an das junge Mädchen gerichtet, das noch immer Essensreste von den Tellern kratzt, nur mäßig bemüht, dabei keinen Lärm zu verursachen.

»Soll das eigentlich schon so eine Art polnischer Akzent sein, Isa?«

Unter einem erneuten Ächzen der Stuhllehne ist Ronno nach vorn gefedert und hat eine für ihn typische Körperhaltung eingenommen: aufrecht sitzend, mit aufgestellten Schultern, den Kopf leicht nach vorn gesenkt, als wolle er damit Türen einrennen.

»Warum hältst du nicht zur Abwechslung einfach mal die Klappe, Ronno?«

»Ich meine ja nur. Du misstest diech mal rräden heren.«

Isabel lächelt unbeeindruckt. Vorhin noch, als Ronno ununterbrochen gequatscht hat, amüsierte sie der Gedanke, ihn ansatzlos zu ohrfeigen. Hart und mehrmals hintereinander. Nun bereut sie es, die Gelegenheit verpasst zu haben.

»Unmeglich. Ihn Deitschland ist alläs so herruntergekommen.«

Auch wenn er stark übertreibt, Ronno hat jetzt Oberwasser. Seit Isabel vor etwas mehr als drei Jahren dem Ruf eines renommierten Warschauer Kunsthauses gefolgt ist, wo sie seitdem als geschäftsführende Kuratorin arbeitet, macht sich Ronno einen Spaß daraus, sie mit Polenwitzen aufzuziehen.

Isabels Eltern waren als Kinder nach dem Krieg aus der Nähe von Danzig nach Deutschland geflohen. Ihr jahrzehntelanges Bemühen, die knarrenden, im Schnee feststeckenden Pferdekarren hinter sich zu lassen und sich einen Mercedes in die Garage zu stellen, rief bei ihrer jüngsten Tochter nur Verachtung hervor. Als Isabel im Geschichtsunterricht ihre osteuropäischen Wurzeln entdeckte, glaubte sie, einen Fehler ihrer Eltern rückgängig zu machen, indem sie sich zu ihrer eigentlichen Herkunft bekannte. Außerdem konnte sie sich auf diese Weise von der Gewöhnlichkeit ihrer Mitschüler absetzen. Natürlich wusste Isabel, dass sie, genau genommen, ebenso wenig Polin war wie Russin oder Italienerin, aber sie fand es schick, aus dem »neuen Europa« zu kommen, und so schmiss sie die geduldig erkämpften Eingliederungserfolge ihrer Eltern einfach über den Haufen, machte einen Sprachkurs und fühlte sich fortan als Polin.

»Stimmt doch, was ich sage«, erwidert sie, jede Spur eines Akzents vermeidend. »Deutsche haben einfach keinen Stil. Das weiß jedes Kind auf der Welt.«

»Was weiß jedes Kind? Dass hier der Putz von den Wänden bröckelt? Als ob es in Polen Schimmel nur zum Reiten gäbe.«

»Bitte, Leute, nicht schon wieder!«, unterbricht Christa die beiden. Ihr ist diese Diskussion schon beim letzten Mal auf die Nerven gegangen. »Nicht auf Viktors Beerdigung!«

Schnell beginnt sie, in ihrer Handtasche zu kramen. Schließlich steht sie entnervt auf, wirft sich ihre Tasche über die Schulter und marschiert an den anderen vorbei in Richtung der Toiletten.

2

Hast du geheult?

Christa durchquert den Flur bis zu einer kleinen Treppe. Sie eilt die wenigen Stufen hinunter zu den Toiletten, wo sie sich in einer der beiden Kabinen einschließt und sofort in Tränen ausbricht. Der scharfe Geruch eines Reinigers steigt ihr in die Nase und vermischt sich mit dem schweren Eau de Toilette an ihren Handgelenken und dem Geschmack ihrer Tränen.

Reiß dich zusammen, befiehlt die Stimme in ihrem Kopf. Reiß dich, verdammt noch mal, zusammen! Es ist zwecklos. Je mehr sie um ihre Fassung ringt, je stärker sie versucht, sich zu beherrschen, desto mehr verliert sie den Halt. Genau das wollte sie doch um jeden Preis verhindern: hier unten im Keller der Wirtschaft auf einem heruntergeklappten Toilettensitz zu hocken und zu heulen wie ein kleines Mädchen.

Plötzlich hält sie inne. Den Handrücken gegen ihre Lippen gepresst, lauscht sie den Geräuschen, die von oben zu ihr herunter dringen. Ging da nicht gerade eine Tür auf? War da nicht ein kurzes Aufflammen der Stimmen aus dem Speisesaal? Jetzt ist es wieder still, kein verdächtiger Laut ist zu hören. Mit gespreiztem Daumen und Zeigefinger wischt sie sich die Tränen aus dem Gesicht. Sie muss sich wieder in den Griff bekommen. Gerade als sie ein Stück Klopapier abreißen will, hört sie Stöckelschuhe im Flur. Sie kommen die Treppe herunter.

»Hast du geheult?«

Auch Isabel rümpft die Nase, als sie den kleinen Waschraum betritt. Christa steht bereits vor dem Spiegel und zieht ihren Lidstrich nach.

»Wie kommst du darauf?«

»Hast du oder hast du nicht?«

Christa ignoriert Isabels misstrauischen Blick.

»Findest du das nicht auch total deprimierend?«, fragt sie zurück.

»Was?«

»Na, die Beerdigung.«

»Ich finde Ronno deprimierend. Aber die Beerdigung?« Isabel hebt ihre schmalen Schultern, als würde sie etwas abschütteln. »Er hat es doch nicht anders gewollt.«

»Ich kann es noch immer nicht begreifen.«

»Dass sich jemand eine Kugel in den Kopf jagt? Was gibt es daran nicht zu begreifen? Offenbar wollte er nicht mehr leben.«

Christa blickt Isabel durch den Spiegel hindurch an und fragt sich, wie ihre Freundschaft in eine solche Schieflage geraten konnte. Wann Isabel begonnen hat, mit ihr wie mit einem kleinen Kind zu sprechen. In einem gereizten, ungeduldigen Tonfall, den Paul ihr früher oft unterstellt hat, wenn die Kinder im Auto eine dumme Frage stellten oder sich ständig wiederholten.

»Ja, aber warum? Warum wollte er nicht mehr leben?«

»Da gibt es viele Gründe.«

Isabel mustert ihre Freundin von der Seite. Christa hat eine neue Frisur. Für ihr Make-up hat sie sich, wie immer, nicht genug Zeit genommen. Das fahle Neonlicht lässt ihre Haut spröde und ungesund wirken. Zufrieden betrachtet sich Isabel im Spiegel. Das kräftige Rot auf ihren Lippen. Ihre glatte, makellose Haut benötigt keine Hilfsmittel, jedenfalls keine sichtbaren. Isabel ist hübscher als Christa, daran hat es nie auch nur den Hauch eines Zweifels gegeben.

»Neulich hat jemand, den ich gut kannte, sich und all seine Bilder verbrannt, nur weil einer der einflussreichsten Kritiker Polens über ihn gesagt hat, seine Bilder seien ebenso belanglos wie die Edward Hoppers.«

»Das ist wenigstens ein Grund«, besteht Christa auf ihrer Frage. »Aber welchen hatte Viktor?«

»Woher soll ich das wissen?«

Isabel hat ihr Handy aus der Tasche geholt und schaut nach ihren Anrufen. Verärgert schüttelt sie den Kopf.

»Vielleicht steckt eine Frauengeschichte dahinter«, sagt sie nach einer Pause. »Meistens steckt doch eine Frau dahinter.«

»Aber das wüssten wir doch«, empört sich Christa, etwas zu vehement vielleicht. Isabel blickt erstaunt auf. »Ich meine«, schiebt Christa schnell hinterher, »wenigstens Uwe müsste das doch wissen.«

Isabel steckt ihr Mobiltelefon wieder ein.

»Kein Empfang hier unten«, sagt sie genervt. Und dann, als Christa schon gar nicht mehr damit rechnet: »Vielleicht weiß er es ja.«

Als sich Christa zur Seite dreht, hat sie erneut Tränen in den Augen.

»Wieso musst du eigentlich die ganze Zeit so tun, als sei dir das alles scheißegal? Viktor ist tot! Unser Viktor! Das kann dir doch nicht gleichgültig sein. Du hattest doch sogar mal was mit ihm.«

»Du liebe Güte, Christa!« Isabel lacht. »Das ist doch Schnee von gestern.«

»Selbst wenn! Vermisst du ihn denn gar nicht? Denkst du nie an früher? An die Abende bei Ronno und Uwe?«

»Du siehst die Sache zu sentimental, Christa. Früher ist früher und vorbei ist vorbei. Glaubst du wirklich, wir hätten uns heute da oben weniger gelangweilt, wenn

Viktor noch am Leben wäre? Und jetzt lass uns wieder hochgehen. Sonst kommen die Männer noch auf die Idee, was zum Essen zu bestellen.«

Christas Augen verengen sich. Du dumme, arrogante Gans! Sie beugt sich kurz über das Waschbecken, um ihre Wimpern zu überprüfen. Dabei rutscht ihre Hand vom Beckenrand ab, und für einen Moment verliert sie das Gleichgewicht. Reiß dich zusammen, ermahnt ihr Gehirn sie, bevor sie das kalte Weiß wieder zu fassen kriegt. Sie holt tief Luft. Dann sieht sie noch einmal in den Spiegel, geht sich flüchtig durch das Haar und setzt ein angriffslustiges Lächeln auf. Fühl dich nicht zu sicher, Isabel! Der Gedanke durchzuckt sie warm und hasserfüllt. Fühl dich nur nicht zu sicher!

»Wir können los«, sagt sie schließlich.

»Was hast du eigentlich mit deinen Haaren gemacht? Macht dich der Pony nicht ein bisschen alt?«

Christa dreht ihren Kopf in beide Richtungen.

»Paul gefällt er.«

Auf der Treppe nach oben bleibt Isabel plötzlich stehen. »Ohne Viktor werden die drei keine Freunde bleiben«, sagt sie leise. »Er war immer das Bindeglied zwischen ihnen. Er hat uns schließlich alle zusammengebracht.«

Christa bleibt ebenfalls stehen und dreht sich zu ihr. Die zwei Treppenstufen machen sie größer als Isabel.

»Paul und mich nicht«, sagt sie kämpferisch.

»Nein, ich weiß. Ihr werdet es ohne ihn überstehen. Aber die Männer nicht.«

3

Dürfte ich dann bitten?

Der Wirt betritt den Speisesaal. Sein geübter Blick registriert zuerst die leeren Gläser vor seinen Gästen, dann ihre müden, bleichen Gesichter. Die gereizte Stimmung am Tisch. Anstatt wie gewohnt seinen Block zu zücken, bleibt er am Kopf der hufeisenförmigen Tafel stehen und wischt sich unentschlossen mit der Hand über den Nacken. Heinz Krämer ist weit über sechzig. Er trägt einen schwarzen Rollkragenpullover und eine dunkelbraune Cordhose, über die er eine verblichene Kunststoffschürze gebunden hat. Der Bauch darunter ist über die Jahre auf eine stattliche Größe angewachsen. Das schwarze, leicht gewellte Haar trägt er seit jeher nach hinten gekämmt. Krämer stellt gerade einen letzten Stoß Porzellan auf den Geschirrwagen, als Christa und Isabel zurück in den Speisesaal kommen. Er räuspert sich.

»Wollen Sie nicht mit nach vorn in die Gaststätte kommen?« Dort sei es viel gemütlicher, fügt er hinzu, während er den Geschirrwagen bereits zur Tür schiebt.

»Meinetwegen«, sagt Ronno und fährt sich mit gespreizten Fingern über den Schnauzer. »Ich könnte ein Bier vertragen. Was ist mit dir, Uwe?«

Uwes Miene hellt sich auf wie eine über Nacht getrocknete Wandfarbe. Seit über einer Stunde hat niemand etwas bestellt, alle sind sie in Gedanken bereits auf dem Heimweg. Allen voran Isabel macht keinen Hehl daraus, nicht mehr lang bleiben zu wollen. Ausgerechnet Isabel.

»Bier ist keine schlechte Idee«, antwortet er.

Heute Morgen, während des kurzen Gottesdienstes, wartete Uwe am »Lieferanteneingang«, wie die schwere Flügeltür auf der Rückseite der Kapelle von den Messdienern genannt wird. Dort rauchte er drei Zigaretten, bis Isabel endlich kam. Die Totenmesse hatte bereits begonnen, als ihr Taxi auf die Auffahrt fuhr und Isabels makellose Knöchel unter der Beifahrertür zum Vorschein kamen. Uwe trat seine Zigarette aus und stolzierte ihr entgegen. Mehrmals hob er zur Begrüßung den Arm, aber Isabel, in ihrem elegant geschnittenen Hosenanzug, reagierte nicht darauf. Einen Moment glaubte er, unter ihrer riesigen Sonnenbrille ihre Augen erkennen zu können, und obwohl er nicht daran zweifelte, dass sie ihn längst bemerkt hatte, grüßte er immer weiter, wie ein Clown, dessen Arm außer Kontrolle geraten ist. Sie standen bereits dicht nebeneinander, als Isabel ihn endlich erkannte und sich lächelnd für ihre Verspätung entschuldigte.

»Bier ist nie eine schlechte Idee«, tönt Ronno. »Oder was meinst du, Isabel?«

Isabel verzieht das Gesicht. Sie ahnt, dass es nicht bei einem Bier bleiben wird. Längst verflucht sie ihren Entschluss, den Empfang des Warschauer Bürgermeisters zu Ehren eines jungen kanadischen Dirigenten abgesagt zu haben. Eine kleine Party mit Häppchen und professionellem Pianisten, nichts Besonderes. Stattdessen hockt sie hier in diesem gottverlassenen Provinznest, um ein totes Arschloch zu beerdigen. Wieso hat sie nicht auf den Bürgermeister gehört und den Rückflug am frühen Abend genommen? Weil der ausgebucht war, okay. Aber ihre Assistentin hätte wenigstens etwas Druck machen können. Isabel sieht auf ihre Uhr. Am meisten ärgert sie sich über Uwe. Wieso glotzt dieser Verlierer eigentlich die ganze Zeit zu ihr herüber?

»Was ist?«, blafft sie ihn an.

Uwes Lächeln verstummt augenblicklich.

Ronno, der die verunglückte Begrüßung der beiden am Vormittag durch die Glastür der Kapelle beobachtet hat, lacht schallend.

»Was ist denn los mit euch? Heute Morgen hattet ihr euch doch noch so lieb. Uwe hat sogar hinter der Kirche auf dich gewartet, Isabel.« Er blickt die beiden lauernd an, als habe er zwei Nebenbuhler miteinander bekannt gemacht.

»Ronno«, ermahnt ihn Christa, »kannst du nicht einmal damit aufhören?«

»Wieso? Stimmt doch! Er hat wie ein Achtklässler hinter der Kirche gestanden und mit den Messdienerinnen eine Zigarette geraucht.«

Uwe wirft Christa einen strengen Blick zu, bevor sie erneut etwas sagen kann. Eines der jungen Mädchen hat ihn tatsächlich nach einer Zigarette gefragt.

»Kapelle«, sagt er leise, und als die anderen ihn fragend anblicken, fügt er hinzu: »Es war eine Kapelle, Ronno. Keine Kirche.«

»Dann eben eine Kapelle. Hat dir die Kleine wenigstens ihre Telefonnummer gegeben?«

Uwe quittiert die Frage mit einem schmallippigen Lächeln. Er weiß, worauf Ronno anspielt. Vor Jahren hatte Uwe bei einem Besuch der Leipziger Buchmesse eine Mitarbeiterin von Diogenes kennengelernt. Als er sie beim Cappuccino in der provisorischen Küche des Standes nach ihrer Visitenkarte fragte, entpuppte sie sich als Auszubildende im ersten Lehrjahr. Viktor und Ronno, die ihn damals begleitet hatten, klopften sich vor Lachen auf die Schultern. Dabei hatte Ronno sie zuerst entdeckt und minutenlang Interesse an einer Biografie des Dalai Lama geheuchelt, nur um dem Mädchen in die Bluse zu linsen. Später wollte er davon natürlich nichts mehr wissen.

»Ich glaube eben nicht an diesen Humbug«, setzt Uwe schließlich zu seiner Verteidigung an. »An Unsterblichkeit und Wiederauferstehung. Übrigens ebenso wenig wie du.«

»Himmel«, ruft Ronno aus, »kommst du jetzt wieder mit deinen Scheißüberzeugungen? Hättest du da nicht mal ein Auge zudrücken können? Wenigstens heute, den Eltern zuliebe?«

»Dann wären es ja keine Überzeugungen.«

Ronnos Hand klatscht auf die Tischplatte. Er hat sich mit den Jahren abgewöhnt, anderen das letzte Wort zu überlassen. Schon gar nicht jemandem wie Uwe.

»Eins wollen wir doch mal klarstellen, Camus«, fängt er von Neuem an, »Viktor hatte bekanntlich auch nicht viel mit Gott am Hut. Trotzdem hat er sich in der Kirche beerdigen lassen.«

»Kapelle«, stellt Uwe erneut fest. »Außerdem werden sie ihn wohl kaum gefragt haben.«

»Doch nur seinen Eltern zuliebe«, wirft Christa ein.

»Ja, eben, seinen Eltern zuliebe.« Ronno ist jetzt in Fahrt. »Alle in der Kirche haben ein Auge zugedrückt, haben ein bisschen für ihn gebetet und ein paar Liedchen geträllert. Den Eltern zuliebe. Nur der feine Herr hier meint, damit nichts zu tun zu haben. Er hat lieber eine Zigarette geraucht, statt seinen Arsch in die Kirche zu bewegen.«

»Kapelle.«

»Kapelle«, wiederholt Ronno wie ein Papagei.

Christa winkt ab.

»Das ist doch etwas völlig anderes. Außerdem kapiere ich nicht, wieso dir das mit einem Mal so wichtig ist, Ronno.«

Isabel stöhnt überdrüssig auf. So sehr langweilt sie sich sonst nur im Kino. Auch ihr steckt der lange, freudlose Tag wie eine Blutvergiftung in den Knochen. Auch sie hat wenig geschlafen, seit sie vor drei Tagen von Viktors Tod erfuhr. Aber anders als Christa, die eine ganze Nacht auf der alten Kinderschaukel in ihrem Garten verbracht hat, nur mit einem Morgenmantel bekleidet, barfuss und mit zerzaustem Haar, hat Isabel einfach weitergemacht, als sei nichts geschehen. »The show must go on«, wie der alte Junius, ihr langjähriger Freund und Mentor, immer sagte. Noch am Abend, als Christa sie endlich erreichte, ist Isabel mit ihrem strahlendsten Lächeln vor etwa dreihundert Gäste getreten, um die Vernissage eines chilenischen Impressionisten zu eröffnen. Ihr voller Terminkalender ließ ihr gar keine Zeit, Schubladen aufzuziehen und ihre Schränke nach verstaubten Fotos zu durchsuchen. Sie hätte ohnehin keine gefunden.

»Wieso haben sie ihn überhaupt beerdigt?«, will sie plötzlich wissen. »Hat er nicht immer gesagt, dass er verbrannt werden will?«

Isabels Frage sorgt für einige Überraschung. Gut möglich, dass Viktor das mal gesagt hat, aber offenbar weder zu Christa noch zu einem der anderen.

»Uwe hat recht«, beendet Paul die plötzliche Stille. »Sie werden ihn wohl kaum gefragt haben.«

»Dürfte ich dann bitten?«

Krämer hat die ganze Zeit an der Tür gestanden und geduldig darauf gewartet, dass sich seine letzten Gäste von ihren Plätzen erheben. Irritiert blicken sie ihn an. Ihnen scheint zu dämmern, dass sie seine Geduld strapazieren. In einer beinahe synchronen Bewegung sehen sie auf ihre Uhren, drücken ihre Zigaretten aus und stehen auf. Nehmen ihre Jacketts und Handtaschen von der Stuhllehne, streichen Sitzfalten aus den Kleidern und rücken ihre Krawatten zurecht. Isabel legt sich ihren Mantel über den Arm. Für einen Moment sieht es so aus, als würden sie sich verabschieden.

»Moment mal«, bremst Ronno die plötzliche Aufbruchsstimmung. »Einen trinken wir aber noch.« Mit ausgestreckten Fingern wendet er sich an den Wirt. »Zapfen Sie schon mal fünf Helle! Wir kommen jetzt.«

Krämer lächelt ergeben. Ihm schwant nichts Gutes. Diese Leute haben Sitzfleisch. Wenn sie sich erst mal an der Theke niedergelassen haben, das sagt ihm seine langjährige Erfahrung als Wirt, kann es spät werden, sehr spät. Er wird seine Frau anrufen müssen. Natürlich lässt er sich die Enttäuschung darüber nicht anmerken. Er fragt sich aber, warum diese Leute nicht einfach verschwinden. Sie scheinen sich doch bloß auf die Nerven zu gehen.

4

Lass mich das machen, Uwe!

Christa hatte sich gerade wieder ins Bett gelegt, nachdem sie den Kindern ihre Schulbrote geschmiert und Paul ihr in der Küche zum Abschied einen unverhofft leidenschaftlichen Kuss gegeben hatte. Als sie darüber nachdachte, wann sie zum letzten Mal miteinander geschlafen haben, war sie schließlich eingenickt. Dann klingelte plötzlich das Telefon.

»Christa! Hier ist Uwe!«

Angesichts der frühen Morgenstunde erschien ihr Uwes Zustand besorgniserregend. Seine blökende, unzweifelhaft angetrunkene Stimme. Es dauerte eine Ewigkeit, bis er sich gesammelt hatte.

»Er ist tot, Christa. Viktor! Er hat sich erschossen. Gestern Abend. Im Haus seiner Eltern.«

Es dauerte einen Moment, bis auch sie begriff. Wieso im Haus seiner Eltern?, dachte sie noch, während sich ihre Hand bereits um den Telefonhörer krampfte. Selbstmord? Gestern Abend? Von der eigenen Mutter tot aufgefunden? Dieses letzte Detail löste eine Kettenreaktion in ihrem Kopf aus. Plötzlich sah sie alles klar und deutlich vor sich. Der niedrige Keller, der verdreht auf den Fliesen liegende Leichnam, der zur Hälfte fehlende Hinterkopf. Das Gesicht der Mutter, als sie die blutverschmierte Holzkiste entdeckte, auf der Viktor gesessen hatte. Christa fragte sich, an wen oder was er gedacht haben mag, kurz bevor er starb. Sie versuchte sich sein Gesicht vorzustellen, während seine Finger den Lauf des Jagdgewehrs hinunterglitten, um den Abzug zu ertasten. Gestern Abend gegen sieben Uhr? Die Bilder aus dem Keller verschwammen vor Christas innerem Auge, und sie sah sich selbst, wie sie, etwa zur gleichen Zeit, die Blumen auf ihrem Balkon gegossen hatte und schließlich barfuß zum Herd in ihrer Küche gegangen war, um sich die Suppe vom Vortag aufzuwärmen.

»Ich muss die anderen anrufen«, riss Uwe sie aus ihren Gedanken. Im Hintergrund hörte sie, wie eine Bierdose geöffnet wurde.

»Lass mich das machen, Uwe!«

Sie rief zuerst Paul an. Ihr Mann klang reserviert, wie immer, wenn sie ihn im Büro anrief.

»Nicht zu fassen«, sagte er mit gedämpfter Stimme. Anders als Christa, die während des Telefonats bereits reihenweise Kleenex aus dem Spender zupfte, dachte Paul sofort praktisch.

»Du musst die anderen benachrichtigen. Wann ist die Beerdigung? Ruf gleich in der Schule an und melde die Kinder vom Unterricht ab.« Außerdem solle sie nachsehen, ob sein schwarzer Anzug noch in die Reinigung müsse. Christa nickte stumm. Jetzt erst spürte sie, dass auch Paul um seine Fassung rang. Je mehr er aufzählte und veranlasste, desto brüchiger wurde seine Stimme. Schließlich machte er eine Pause und schluckte, so unüberhörbar laut, wie ein Knacken in der Leitung. »Ich kann jetzt nicht weiter telefonieren«, sagte er schließlich mit gepresster Stimme. »Aber ich komme so schnell wie möglich nach Hause.«

Nachdem sie Isabel eine Nachricht hinterlassen hatte – »Ja, dringend zurückrufen«, wiederholte eine hörbar gelangweilte Assistentin –, wählte Christa als Letztes die Nummer von Ronnos Mobiltelefon. Er meldete sich sofort.

»Moment mal«, brüllte er in den Hörer. Er sei auf dem Laufband und wisse nicht, wie man das verdammte Ding ausschaltet. Es piepte mehrmals, und das Gerät kam surrend zum Stillstand. »Das gibt's doch gar nicht«, fluchte Ronno, noch immer ein wenig außer Atem.

Zu diesem Zeitpunkt hätte sich niemand träumen lassen, drei Tage später bei Krämer in der Kneipe zu sitzen. Die Nachricht von Viktors Tod hatte sie jäh aus ihrem Trott herausgerissen. Warum hatte Viktor das getan? Warum ausgerechnet er? Der erste Schock wich einem vagen Gefühl der Verbundenheit, einer Nähe, wie schon lange nicht mehr. Ihre beste Zeit war längst vorbei. Die Treffen der vergangenen Jahre ließen keinen Zweifel daran. Was noch von ihrer Freundschaft übrig war, das flackerte nun ein letztes Mal auf. Zimmer wurden gebucht, Termine verschoben, Konten überzogen. Himmel und Hölle wurde in Bewegung gesetzt. Mochten sie auch sonst nur noch selten einer Meinung sein, Viktors Beerdigung wollte sich niemand entgehen lassen. Nicht einmal Isabel. Ratlos sitzen sie jetzt in Krämers Kneipe. Mitten im Nirgendwo. In der Mitte ihres Lebens. Die einen sind mit leichtem Gepäck angereist, andere mit bleischwerem Herzen.

5

Und das sagst du erst jetzt?

Krämers Kreppsohlen quietschen bei jedem seiner Schritte. Er hatte bereits Licht gemacht. Eine Brauereireklame flackert altersschwach vor sich hin, und entlang der Theke werfen vier mit Jagdmotiven bestickte Lampenschirme ein schwaches, natrongelbes Licht, das kaum über die Hocker vor dem Tresen hinausreicht. Der Rest der Kneipe dämmert vor sich hin.

»Ihre Jacken und Mäntel können Sie dort an die Garderobe hängen.«

Krämer deutet mit einer Kopfbewegung in Richtung der hölzernen Schwingtür, durch die sie gekommen sind. Er wäscht sich die Hände in der Spüle, bevor er fünf große Biergläser vom Bord über dem Zapfhahn nimmt und sie, eins nach dem anderen, gegen das schummrige Licht hält. Seine Bewegungen wirken mit einem Mal behände und eingespielt. Anders als vorhin im Speisesaal, als er ungelenk mit dem Geschirrwagen herumhantierte, gibt ihm die gewohnte Umgebung seine Sicherheit zurück. Dies ist seine Kneipe, sein Tresen. Er hat Generationen von Bauern und Säufern getrotzt und wird sicher auch noch einige weitere überstehen. Die Front ist in massiver, dunkel lasierter Fichte vertäfelt, mit einer Bordüre aus grünem Verbundglas und einem unverwüstlichen Messing-Fußtritt. Das furnierte Schankbrett, auf dem ein paar Bierdeckel herumliegen, ist speckig, aber makellos in Schuss.

Krämers Gäste haben sich inzwischen vor dem Tresen verteilt. Sie betrachten einen stattlichen Pokal, der vor ihnen auf der Zapfanlage thront.

»Unsere Fußballer haben in diesem Jahr die Meisterschaft gewonnen«, erklärt der Wirt nicht ohne Stolz.

»Herzlichen Glückwunsch«, murmelt Isabel. Bei der Vorstellung, wie ein paar schnauzbärtige Männer in bunten Trainingsanzügen in die Kneipe gestürmt kommen, um dem Wirt diesen albernen Blechpokal zu präsentieren, muss sie lächeln. Anschließend wurde offenbar Bier daraus getrunken, was die matten, in Tropfen verlaufenden Schlieren auf dem Metall unzweifelhaft verraten.

»Darauf sollten wir anstoßen«, verkündet Ronno und reibt sich die Hände, als das zischende Geräusch erklingt, mit dem sich Fassbier unüberhörbar ankündigt.

Während Krämer zapft, stellt ihm Ronno mehrere zusammenhangslose Fragen, die Krämer allesamt tapfer beantwortet, ohne dabei allzu weit auszuholen. Er bewirtschafte die *Alte Post* in dritter Generation, aber sein Sohn Martin zeige wenig Interesse an einer Nachfolge. Solche Antworten gehören zum Handwerkszeug eines Wirtes. Es stört ihn nicht, dass es niemanden interessiert. Als er das letzte Bier vor sich auf den Tresen stellt, ordert Ronno schon mal eine weitere Runde, außerdem Korn für alle.

»Prost, meine Damen«, ruft er und setzt das Bierglas an die Lippen. Es lässt sein Lachen kalt und metallisch klingen.

Isabel ist sich sicher, dass Ronno Christa beobachtet, seit sie von der Toilette zurück ist. Ihre Wangen glänzen feucht und brüchig im Schein des Tresenlichts. Jemand wie Ronno kennt sich sicher aus mit Frauen, die sich ein verheultes Gesicht nachgeschminkt haben. Als Ronno Isabels argwöhnischen Blick bemerkt, lächelt er amüsiert.

»Das gilt auch für dich, Isa.«

Der Korn wird serviert.

Angewidert betrachtet Isabel die Schnäpse auf dem Tablett.

»Ich hasse Korn, das weißt du genau.«

»So? Ich kann mich an Abende erinnern, da hast du das Zeug aus Wassergläsern getrunken.«

Isabel nickt.

»Und ich kann mich an Abende erinnern, an denen du dich noch nicht wie so ein bescheuertes Arschloch aufgeführt hast.«

»Lange her«, ruft Uwe lachend dazwischen. Aber weder Isabel noch Ronno gehen darauf ein. Isabel nimmt ihr Glas und prostet Ronno herausfordernd zu. Der Korn schmeckt wie ein elektrischer Schlag. Seit Jahren hat sie nichts anderes als Prosecco getrunken. Trotzdem lässt sie sich nichts anmerken. Es würde ohnehin nichts bringen. Ronno will die anderen betrunken machen. Isabel fragt sich nur, was er damit bezweckt. Der alten Zeiten wegen ist es sicher nicht. Ronno hat dafür ebenso wenig übrig wie sie. Das ist aber auch schon alles, was die beiden noch gemeinsam haben.

Vor etwa zehn Jahren gründete Ronno eine Software-Firma für Mobilfunkgeräte. Die Geschäfte entwickelten sich rasend schnell. Innerhalb der ersten vier Jahre wechselte er zweimal in ein größeres Büro und stellte mehr als dreißig Mitarbeiter ein. Die Umsätze schossen nur so in die Höhe, ehe sich Ronno mit Buchhaltung und Steuervorauszahlungen beschäftigte. Zwei weitere Jahre später ging alles den Bach runter, ebenso plötzlich und unerwartet, wie ihm anfangs alles zugeflogen war. Ronno musste Insolvenz anmelden. Die Pläne für ein Ferienhaus mit Natursteinpool waren längst wieder in der Schublade verschwunden. In zähen Verhandlungen gelang es ihm, einen Investor für seine Firma zu finden. Er selbst wurde Geschäftsführer, entließ zwei Drittel seiner Angestellten und verlangte von den Verbliebenen Überstunden und Urlaubsverzicht. Ronno drückte sogar Gehaltskürzungen trotz laufender Verträge durch. Vergessen waren sein lockerer Führungsstil und seine bierseligen Ansprachen auf Firmenfeiern, schließlich musste dieselbe Arbeit nun zu einem Bruchteil des Budgets erledigt werden. Und niemand wusste besser als Ronno, dass das möglich war. Seit dieser Zeit sieht er sich gern als Macher, als Überlebender eines erbarmungslosen Konkurrenzkampfes. Wahre Freunde erkennt man in der Not. Jemand wie Ronno weiß jedenfalls genau, wer seine Freunde sind. Denn er hat keine mehr.

»Niemand wird zum Trinken gezwungen«, sagt Uwe, an Paul und Christa gewandt. Es sollte besonnen klingen. Die Stimme der Vernunft. Doch so hat es sich nicht angehört. Uwe kann es sehen. Paul und Christa werfen sich diesen Blick zu. Bestimmt haben sie auf der Autofahrt hierher über ihn gesprochen. Christa hat schon vor Monaten den Verdacht geäußert, Uwe habe ein ernst zu nehmendes Alkoholproblem. Paul hat es ihm selbst erzählt.

Ronno grinst, als habe sich Uwe soeben verplappert. Ronno will ihn aus der Reserve locken. Wie dieser Berater bei der Suchthilfe, den Uwe im vergangenen Herbst zum ersten Mal aufgesucht hat. Dieser verschwitzte Besserwisser mit Vollbart und randloser Brille, der Uwe von Anfang an behandelte, als sei er ein hoffnungsloser Fall. Ungern erinnert sich Uwe daran zurück. Bereits nach wenigen Sitzungen brach er die Gruppentherapie ab. Nachdem er von einer der weiblichen Kursteilnehmerinnen, einer magersüchtigen Pilatestrainerin mit strohigem, blondem Haar, eine peinliche Abfuhr erhalten hatte.

»Lasst ihn einfach stehen, wenn ihr nicht wollt«, versucht er, etwas weniger therapieerfahren zu klingen.

»Nichts da«, bellt Ronno. Er stellt sein Bier auf den Tresen und nimmt sich eines der Schnapsgläser.

»Wir trinken jetzt auf Viktor. Prost! Und keine Widerrede!«

Paul betrachtet den Schnaps in seiner Hand mit Sorge. Sie sollten längst im Bett liegen, oben bei ihren Kindern. Die unvorhergesehene Wendung, die dieser Abend nimmt, gefällt ihm gar nicht. Mit einer Kopfbewegung schlägt er seiner Frau vor, nach oben zu gehen. Christa wehrt entschlossen ab, sie will noch bleiben. Ohne zu zögern, kippt sie die klare Flüssigkeit hinunter. Dann stellt sie ihr leeres Schnapsglas zurück auf die Theke und straft ihren Mann mit einem kämpferischen Blick. Ronno scheint sich regelrecht daran zu laben.

»Lecker, wie? Da kriegt man gleich Durst auf noch einen«, grölt er und will sich schon an den Wirt wenden, als Uwe ihn zurückhält.

»Lass gut sein, Ronno, wir haben alle noch unser Bier.«

Ronno lässt den Arm wieder sinken.

»Was ist eigentlich los mit euch? Wir fangen doch gerade erst an. Oder hab ich was nicht mitbekommen? Müssen wir morgen wieder früh raus? Die Kinder zur Oma bringen? Den Flieger erwischen?«

Ronno merkt sofort, dass er ins Schwarze getroffen hat. Sich zu verabreden, war in den letzten Jahren immer komplizierter geworden. Sechs Erwachsene und ihre Interessen, ihre Terminkalender oder auch nur ihre Ansprüche in Sachen Hotel- und Reisekomfort unter einen Hut zu bekommen, glich einem Himmelfahrtskommando. Immer gab es im Vorfeld Diskussionen um irgendwelche Kleinigkeiten, immer drohte die Sache kurz vorher zu scheitern. Wäre nicht Christa gewesen, mit ihren geduldigen E-Mails und ihrer unermüdlichen Überredungskunst, sie hätten sich wahrscheinlich schon vor Jahren aus den Augen verloren.

»Nur weil du heute Abend Lust hast, dich volllaufen zu lassen, müssen noch lange nicht alle mittrinken«, sagt Uwe.

»Hört, hört! Unser Bukowski ist unter die vielen Antialkoholiker gegangen.« Ronno zwinkert den anderen zu, um sich kurz darauf wieder an Uwe zu wenden.

»Komisch, oder? Gerade du konntest doch früher nie genug bekommen.«

Uwe spürt erneut die Blicke der anderen. Er zündet sich eine gerade gedrehte Zigarette an. Wir gehen nicht nach Hause – wir kriechen, hat er früher oft getönt und immer neue Runden bestellt, bis der Erste vom Stuhl kippte. Meist traf es Paul mit seinem empfindlichen Magen. Aber das war lange her, niemand hat mehr Interesse an einem Besäufnis. Auch Uwe hat sich im Griff. Die anderen werden schon sehen. Auf die nächste Runde kann er ebenso gut verzichten wie auf die Ratschläge aus der Gruppensitzung. Oder auf die vielen Ratgeber, die er gelesen hat und die er nun, da er von Selbsthilfe die Schnauze voll hat, bei eBay versteigert. Was, durchzuckt es ihn plötzlich, wenn ausgerechnet Ronno eine dieser Auktionen entdeckt hat? Jeder weiß, dass sich Ronno gründlich auf diese Treffen vorbereitet. Seine Recherche ist ebenso lückenlos und selbstverständlich wie Christas besorgtes Geplauder im Auto. Ronno hat es Uwe einmal so erklärt: Das, was andere dich wissen lassen wollen, interessiere ihn nicht. Viel aufschlussreicher sei es, was sie wieder loszuwerden versuchen.

»Menschen ändern sich halt«, sagt Uwe nachdenklich. Während er die Schaumpfütze in seinem Bierglas betrachtet, verflucht er diese eingebildete Fitnesstussi mit ihren Bindungsproblemen.

»Ja, offensichtlich«, feixt Ronno, der längst wieder Blickkontakt mit dem Wirt aufgenommen hat. »Dann eben nur vier Kurze, bitte!«

Krämer erwartet einen Einspruch. Aber niemand rührt sich. Er öffnet das kleine Schränkchen hinter sich, entnimmt die Flasche und misst vier weitere Gläser ab. Dabei denkt er an das verhärtete Gesicht seiner Frau. Es erinnert ihn daran, dass er sie gleich anrufen muss, um ihr das Unvermeidliche mitzuteilen.

»Wenn Sie einen mittrinken wollen, nur zu«, schlägt Ronno vor. »Tun Sie sich keinen Zwang an!«

Krämer lehnt dankend ab. Kurze Zeit später, nachdem er die leeren Gläser abgeräumt und die Flasche versorgt hat, verschwindet er hinter einem ausgeblichenen braunen Stoffvorhang, der zu einem dahinter liegenden Büro führt. Das Rattern einer Wählscheibe dringt von dort in die Kneipe. Eine Ziffer nur. Hausgespräch.

»Schatz? Ich bin es.« Er beginnt zu flüstern. »Es wird doch ein wenig später heute.« Pause. »Ja. Tut mir leid!«

Ronno macht eine Handbewegung, die wohl so etwas wie »Oh, lá, lá« ausdrücken soll.

»Ich weiß, aber ich habe schließlich noch Gäste, Marlies.«

Paul blickt zur Decke. Sitzt sie jetzt wirklich dort oben und schmollt? Warum ist er nicht einfach hochgegangen? Weil er will, dass wir es hören. Es ist ein Trick. Wahrscheinlich machen sie das immer so, um ihre letzten Gäste loszuwerden. Bestimmt arbeitet seine Frau ebenfalls in der Kneipe. Irgendjemand muss schließlich die Gladiolen auf die Fensterbank gestellt haben. Vielleicht ist sie tagsüber in der Küche, oder sie kommt morgens kurz herunter, um den Tresen wieder auf Vordermann zu bringen, die Hocker hochzustellen und das verschüttete Bier vom Boden aufzuwischen. Paul findet es beruhigend, dass nicht nur Anwälte wegen zu langer Arbeitszeiten in Erklärungsnot geraten.

»Hat jemand Lust auf Musik?«

Uwe ist von seinem Hocker aufgesprungen. Er blickt hinüber zur Wand mit dem Geldspielautomaten, wo, von der Garderobe halb verdeckt, eine alte Wurlitzer steht. Sie ist außer Betrieb, aber ihre Chromeinfassungen glänzen im fahlen Licht wie eingefettete Kuchenbleche. Uwe geht in die Knie und tastet an der Rückseite der Maschine nach einem Schalter.

»Wie wär's, wenn du es mal mit dem Stecker probierst, Uwe?«

Amüsiert deutet Ronno auf das Kabel, das auf der anderen Seite aus der Wurlitzer herausragt. Sofort erstrahlt das Innere der Musikbox und wirft flirrende Punkte aus dünnem, pastellfarbenem Licht auf die Deckenvertäfelung. Auf beide Ellbogen gestützt, beugt sich Uwe über die große Glasplatte und blättert durch das Musikangebot. Es ist nicht gerade auf dem neuesten Stand. Ein Ventilator setzt sich gemächlich in Bewegung. Uwe wirft eine Münze ein und betätigt einige schwer gehende Tasten: drei Titel der Rolling Stones, eine B-Seite der Doors und zuletzt einen Song von Joe Cocker. Musik aus der Plattensammlung seiner Eltern. Auch sie haben sich früher oft gestritten und waren nur mit überlauter Musik wieder zur Vernunft zu bringen. Noch heute sieht Uwe manchmal ihre hochroten Gesichter vor sich, mit denen sie jedes Mal ins Wohnzimmer gestürmt waren, um die Lautstärke der Stereoanlage aus dem roten Bereich zu drehen und sich anschließend bei ihrem Sohn zu entschuldigen.

»Du weißt doch, wie es ist.« Aus dem Hinterzimmer ist noch immer die Stimme des Wirts zu hören. »Ja, es ist das letzte Mal. Ja, das verspreche ich.«

Christa knetet ihre Unterlippe. Die wortreichen Entschuldigungen des Wirts und vor allem dieser unterwürfige Ton kommen ihr bekannt vor. Endlich erklingt

Musik, und das Gespräch des Wirts verliert sich in den ersten Klängen von *You can't always get what you want,* einem ihrer Lieblingsstücke der Rolling Stones. Sie wirft Uwe einen anerkennenden Blick zu, als Krämer aus seinem Büro zurückkommt und seinen Platz hinter der Zapfanlage einnimmt. Einen Moment schweigen alle. Dann fasst sich Christa ein Herz.

»Wir wollen Ihnen auf keinen Fall den Feierabend verderben.«

»Das tun Sie nicht.«

»Gibt es vielleicht noch eine andere Kneipe?«

»Einen Ort weiter.«

Krämer zeigt mit einer Handbewegung grob die Himmelsrichtung, schüttelt dann aber vehement den Kopf.

»Aber die hat schon lange zu. Die Frau des Wirts hat Alzheimer.«

Erneutes Schweigen.

»Ich bitte Sie«, sagt Krämer und beendet ihre Gedankenspiele. »Lassen Sie mich nicht wie einen schlechten Gastgeber dastehen! Schließlich sind Sie von weit hergekommen. Und haben sich so lange nicht gesehen. Seien Sie also meine Gäste, solange Sie wollen.« Dabei breitet er in geübter Geste die Arme aus.

Isabel fragt sich plötzlich, woher er das alles weiß. Und was man sich sonst noch im Dorf über sie erzählt. Außer Ronno hat niemand mit den Einheimischen gesprochen. Ausgerechnet Ronno! Isabel unterdrückt den wiederholten Wunsch, ihn zu ohrfeigen. Sollen sich diese Dorftrottel ruhig das Maul zerreißen.

»Wir wissen ihre Gastfreundschaft wirklich zu schätzen.«

Christa lächelt. Wie liebenswürdig dieser dicke, alte Mann dort hinter seiner Theke steht, seinen dünnen Arm wie einen Ast an den Zapfhahn gelehnt. Genau das ist das Problem mit Männern wie ihm. Man kann sich nie auf sie verlassen. Aber man kann ihnen ebenso wenig den Laufpass geben.

»Dann trinken Sie wenigstens einen mit«, schlägt Ronno vor. Als wolle er die Dringlichkeit seiner Bestellung unterstreichen, leert er sein Glas in einem Zug. »Noch einmal fünf, bitte!«

Krämer zögert zunächst, nimmt dann aber doch ein weiteres Glas aus dem Regal. Obwohl er seiner Frau erst wenige Minuten zuvor versprochen hat, genau das nicht zu tun.

»Auf Viktor«, sagt er schließlich, mit einem frisch gezapftem Bier in der Hand. Seine Gäste wirken überrascht, als habe er ihnen soeben das Du angeboten, und zum ersten Mal an diesem Abend huscht so etwas wie ein Lächeln über Krämers Gesicht. Er hat schon langweiligere Abende in seiner Kneipe verbracht. Chorproben, Mannschaftssitzungen, Parteiabende. Die immer gleichen Geburtstage und Familienfeiern. Er erinnert sich noch an Viktors Erstkommunion, an das tickende, in blassblaues Geschenkpapier eingeschlagene Kästchen, das er dem Jungen in die Hand drückte. Viktor strahlte über das ganze Gesicht, während er die Kreppmanschette des Päckchens löste. Was hatte er sich nur dabei gedacht, ihm einen Reisewecker zu schenken? Einem Neunjährigen!

Nachdem Krämer gut die Hälfte seines Glases in einem Zug ausgetrunken hat, stellt er es neben sich auf die Arbeitsplatte. Wenn er schon Ärger bekommt – und daran zweifelt er nicht –, kann er sich vorher wenigstens amüsieren.

»Wissen Sie, in diesem Dorf hat es noch nie einen Selbstmord gegeben. Niemand kann so recht verstehen, warum er es getan hat.«

»Da geht es Ihnen nicht anders als uns.«

Nachdenklich betrachtet Krämer die eingefallene Schaumkrone.

»Ob vielleicht eine Frau dahintersteckt?«

Er vermeidet es, eine der beiden Frauen direkt anzusehen. Als ihm niemand antwortet, wird ihm klar, wie dumm und respektlos seine Frage war. »Ich meine«, beginnt er auf der Stelle zurückzurudern, »oft steckt doch eine Frauengeschichte dahinter. Oder?«

Isabel und Christa werfen sich einen überheblichen Blick zu. Das also erzählt man sich hier im Dorf.

»Dafür war Viktor nicht der Typ«, ist sich Ronno sicher.

»Er hatte ja noch nicht einmal eine Freundin«, fügt Paul hinzu. Mit einem Seitenblick vergewissert er sich bei seiner Frau.

Isabel blickt in die Runde, als habe sie soeben eine Podiumsdiskussion auf der Art Basel eröffnet. Sie hasst diese kollektive Routine. Exakt die gleichen Sätze hat sie heute Nachmittag schon einmal gehört. Und schon da klangen sie aufgesagt. Isabel würde es nicht wundern, wenn Paul und Christa dieses Gespräch bereits zum dritten Mal führen.

»Wir müssen auch noch an andere Möglichkeiten denken«, beginnt Paul nach einer Pause. »Oft sind unheilbare Krankheiten und in deren Folge eine geringe Lebenserwartung Auslöser für einen Suizid.«

Als niemand reagiert, sieht Paul zum Wirt, dessen fragender Blick ihn an einen seiner ersten Mandanten erinnert, einen Freund seiner Eltern, den er mit seinem Fachchinesisch schnell vergrault hat. »Ich meine, vielleicht war Viktor todkrank«, schickt er schnell hinterher.

»Vielleicht hatte er Krebs«, präzisiert Christa die Diagnose, die sich ihr sofort wie eine Schlinge um die Kehle schnürt. »Die Frage ist nur, warum hat er uns nichts davon erzählt?«

Isabel schnippt etwas Asche von ihrer Zigarettenspitze. Christa redet inzwischen wie eine dieser reichen, ratlosen Frauen, denen Isabel in der Mittagspause manchmal heimlich zuhört, wenn diese am Nachbartisch Crème brûlée löffeln und lautstarke Vermutungen über das seltsame Verhalten ihrer Ehemänner anstellen.

»Vielleicht hat er erst vor Kurzem davon erfahren«, antwortet ihr Paul. Am Nachmittag setzte an dieser Stelle eine kurze Pause ein, bis jemand fragte, wie lange sie sich nicht mehr gesehen haben. Ein halbes Jahr? Daraufhin haben alle mehr oder minder hörbar geseufzt. Bevor es Christa nicht zu blöd war, festzustellen, wie schnell doch die Zeit vergehe.

»Vielleicht hatte er Schulden«, ergänzt Ronno, als schlage er ein anderes Urlaubsziel vor. Immerhin, darauf war heute Nachmittag noch niemand gekommen.

»So ein Quatsch«, beendet Uwe die makabere Raterei. »Man bringt sich doch nicht um, weil man Schulden hat.«

Ronno beginnt zu lachen.

»Hört, hört, Leute! Unser Rimbaud hier kennt sich offenbar damit aus.«

»Hast du die Schriftsteller eigentlich alle gegoogelt, Ronno? Oder warst du beim Schreibkurs an der Abendschule?«

Ronno lacht noch immer, als habe Uwe mal wieder etwas völlig Überflüssiges gesagt. Uwe hingegen verbucht Ronnos Reaktion als Punkt für sich, vor allem die Tatsache, dass er eine schlagfertige Antwort schuldig bleibt. So ungefähr geht das schon seit Jahren mit den beiden.

»Geld hatte Viktor jedenfalls genug«, sagt Uwe schließlich.

»Aha! Und woher willst du das wissen? Ausgerechnet du?«

Ronno hätte Uwe am liebsten für unzurechnungsfähig erklärt. Aber Paul und die anderen sind neugierig geworden.

»Jetzt sag schon, Uwe! Wie kommst du darauf?«

»Ganz einfach, Paul: Weil ich es jetzt habe.«

»Was?«

»Na, sein Geld.«

»Was für Geld?«

»Und das sagst du erst jetzt?«

»Wie viel ist es denn?«, platzt es aus Ronno heraus. Wenn es um Geld geht, kann er sehr direkt werden.

»Insgesamt hundertfünfzigtausend Euro.«

Die Summe wirkt wie eine Lokalanästhesie auf Ronnos Gesicht.

»Es kam vor drei Tagen mit der Post. In einem Pappkarton.«

Der Briefträger hatte Uwe das kleine, zerbeulte Paket zusammen mit einer Mahnung seines Vermieters überreicht. Wie in Zeitlupe löste Uwe die Klebestreifen von dem Karton ab und öffnete ihn. Plötzlich ging alles ganz schnell. Er zog die Vorhänge zu, zündete sich eine Zigarette an und begann, zitternd vor Aufregung, jedes der fünfzehn grünen, mit einem Gummiband zusammengehaltenen Bündel Hunderter zu zählen, ebenso erstaunt wie Viktor zwei Tage zuvor, dass so viel Geld in eine so kleine Pappschachtel passt. Erst eine Stunde später rief er bei Christa an und überbrachte ihr die Nachricht von Viktors Tod.

»Woher hatte er denn so viel Geld?«, wundert sich Isabel.

Uwe zuckt mit den Achseln.

»Und warum hat er es dir geschickt?«

Ronno wird ungeduldig.

»Lass dir doch nicht alles aus der Nase ziehen, Mann!«

Uwe zuckt abermals mit den Schultern.

»Das hat er nicht gesagt.«

Auch Paul ist baff.

»Er hat dir hundertfünfzigtausend Euro in einem Pappkarton geschickt? Das ist alles?«

Nicht ganz. Der Karton enthielt eine Erstausgabe von John Steinbecks *Von Mäusen und Menschen*, die Uwes Großvater zu seinem achtzehnten Geburtstag geschenkt bekommen und die Uwe nur äußerst ungern verliehen hatte. Außerdem war da noch ein kurzer Brief, in dem Viktor ihn um mehrere Gefallen bat, auch darum, die anderen über seinen Tod zu informieren. Außerdem sollte Uwe niemandem, wirklich niemandem von dem Geld erzählen. Diesen letzten Punkt hat er sich nun anders überlegt.

»Und was willst du jetzt tun?«, fragt Christa.

»Ist doch klar«, beantwortet Ronno ihre Frage. »Er will es behalten.«

Uwe legt den Kopf zur Seite und schaut auf sein Bier. Seine rechte Schläfe glänzt wie Segeltuch im Lichtkegel der Schirmlampe. Er spürt ihre neugierigen Blicke, ihre Empörung, ihre Unsicherheit. Zufrieden zündet er sich eine Zigarette an, bläst den Rauch durch die Nase und beobachtet einige Sekunden lang, wie sich die dünnen, tänzelnden Fäden an seinen Augen vorbei zur Decke bewegen. Ihr könnt mich alle mal, denkt er.

Uwe hatte nach dem ersten Staatsexamen keine Lust, als Jurist zu arbeiten. Sein beachtliches Prüfungsergebnis verdankte er allein der Fähigkeit, schnell und effektiv zu lesen. Uwe liebte Bücher seit er ein Kind war. Während seines Studiums las er alles, was er in die Finger bekam, und verbrachte ganze Tage mit einem Buch und einem Päckchen Tabak in seiner Hängematte. Um Geld zu verdienen, versuchte er es zunächst bei einem Verlag für Schulbücher. Später arbeitete er im Einkauf eines Grossisten, am Ende jobbte er bei einer Fernsehproduktion. Aber nirgends schien sein Talent, ein Buch von dreihundert Seiten innerhalb eines Nachmittags zu lesen, von Bedeutung zu sein.

Entnervt von seinen ersten Berufserfahrungen, lieh er sich schließlich Geld von seinen Eltern und pachtete eine leer stehende Kfz-Werkstatt unterhalb seiner Wohnung, die er in Eigenregie renovierte und zu einer Buchhandlung umfunktionierte, der *Bücherbude*. Am Anfang rissen sich die Zeitungen und Stadtmagazine um ihn. Eine Buchhandlung in einer Kfz-Werkstatt, mit Kicker, Kaffeetischen und einem kleinen Lesegarten mit Apfelbaum. Im Sommer grillten sie dort ab und zu. Die lokale Tageszeitung brachte im Kulturteil einen Aufmacher. Viele Bücher verkaufte er deshalb jedoch nicht. Im Gegenteil, nur wenige der Neugierigen sind ihm bis heute treu geblieben. Und von Laufkundschaft konnte in dem Hinterhof, noch dazu in diesem Viertel der Stadt, ohnehin nie die Rede sein.

Da sich Uwe zudem weigerte, für große Verlage »den Schrott zu verticken«, war der Laden alles andere als eine Goldgrube. Uwe begann, die Bücher, die er nicht loswurde, auf Flohmärkten zu tauschen, kistenweise gegen alte Schmöker. »Bei Büchern irren sich die Leute meistens. Sie denken: je neuer, desto besser. Viele wissen gar nicht, was sie aus der Hand geben, für den neuen Mankell oder irgendeinen Grisham«, berichtete er ebenso amüsiert wie erbost. Einige wertvolle Originalausgaben waren ihm so in die Hände gefallen, und sein Buchladen verwandelte sich zusehends in ein gut sortiertes Antiquariat. Seit Kurzem standen neben staubigen Bücherkisten und einigen windschiefen Regalen auch zwei monströse Kopiergeräte aus einem pleitegegangenen Copyshop. Uwe kam über die Runden. Trotzdem hatte er mit Ronno und den anderen finanziell nie mithalten können.

»Ich würde es auch behalten«, schaltet sich Isabel ein. »Was denn sonst?«

Christa zupft unruhig an ihrem Rock. Wieder schaut sie zu Uwe, als sei sie ein Kind, dem es an Einsicht mangelt.

»Uwe weiß ganz genau, dass er das Geld nicht behalten darf. Es gehört schließlich den Erben.«

Ronno und Isabel wenden sich unwillkürlich an Paul.

»Stimmt das?«

Paul setzt sich auf. Er hat den Sachverhalt längst überschlagen.

»Wir sollten davon ausgehen, dass Viktor noch gelebt hat, als er das Paket aufgab. Streng genommen handelt es sich also um eine Schenkung.«

»Nur, wenn Uwe sie annimmt«, unterbricht ihn Christa, bevor ihr Mann allzu weit ausholt.

»Das hat er bereits getan, Schatz.«

»Er könnte das Geld zurückgeben.«

Paul lächelt. Der kühle, lauernde Blick seiner Frau lässt ihn mit seiner Antwort zögern. Es wäre jetzt sicher klüger, ihr einfach recht zu geben oder so zu tun, als ob er es nicht genau wisse. Richtiger wird das, was sie sich mit gesundem Menschenverstand und ein paar Semestern Jura zusammengereimt hat, dadurch nicht.

»Du meinst weiterverschenken?«

»Nein, ablehnen.«

»Also was jetzt?« Isabel blickt ungeduldig in die Runde. Ihr waren Juristen schon während des Studiums immer zu langsam.

»Und was passiert mit dem Geld?« Auch Ronno wird es langsam zu bunt.

Paul scheint seine Schlussfolgerungen noch einmal zu überprüfen.

»Man müsste natürlich noch mal einen Fachmann für Erbrecht zurate ziehen. Aber ich denke, Uwe darf das Geld erst mal behalten.«

»Deshalb gehört es ihm aber noch lange nicht.«

»Doch, mein Schatz. So ist die Rechtslage.«

»Die Rechtslage? Toll, Paul! Sollen wir jetzt alle mitschreiben? Es geht doch gar nicht darum, was im Gesetz steht. Es geht ums Prinzip.«

Paul unterdrückt einen Seufzer. Christas Prinzipien. Besser, er sagt jetzt nichts.

»Hört auf«, beendet Uwe die Diskussion. »Wer hat denn gesagt, dass ich es behalten will?«

Uwe brauchte drei Tage, um sich zu einer Entscheidung durchzuringen. Am ersten Abend griff er wahllos in den Karton und fuhr mit einem Taxi in ein nahe gelegenes Bordell, wo er sich betrank und später, auf einem der engen, stickigen Zimmer, keinen mehr hochbekam. Ivy, die groß gewachsene Schönheit aus der Dominikanischen Republik, die fast den gesamten Abend mit ihm an der Bar gesessen hatte, half ihm auf, nachdem er beim Öffnen des Reißverschlusses vornüber gefallen und sich die Stirn an ihrem winzigen Waschbecken aufgeschlagen hatte. Sie riet ihm, die Kohle zu behalten, den Brief und den Karton einfach wegzuschmeißen und am nächsten Tag noch mal wiederzukommen. Dann könnten sie es ja noch mal probieren.

Am nächsten Tag ackerte sich Uwe trotz eines mächtigen Brummschädels durch die Gesetzeslage und kam zu einem ähnlichen Ergebnis wie Paul. Danach ließ er sich auf sein Sofa fallen und genehmigte sich ein Glas Sherry, wodurch er beruhigt und voller Zuversicht einschlief. Erst gegen Nachmittag bekam er kalte Füße. In einem Anfall von Panik beschloss er, Ivys Rat zu befolgen und sämtliche Spuren zu beseitigen. Er baute den alten, verrosteten Grill im Garten auf und verbrannte darin Brief und Karton. Uwe fühlte sich erbärmlich. Wie tief konnte er noch sinken? Während er reglos in das Feuer starrte und zusah, wie die Flammen Viktors

Handschrift vertilgten, spürte er, dass er sich bereits im freien Fall befand. Abends ging er wieder zu Ivy, erzählte ihr, was er getan hatte, und ließ sich einen blasen.

Am dritten Tag jedoch, mittlerweile hatte er bereits zweitausend Euro ausgegeben, kamen ihm erneut Zweifel. Aus Prinzip, wie Christa gesagt hat. Oder aus Dummheit, wie Ivy es nannte. »You are crazy«, sagte sie nur, als er sie an ihrem dritten und letzten gemeinsamen Abend in ein Restaurant einlud und ihr von seinem Entschluss berichtete, den Rest des Geldes Viktors Mutter zu übergeben. »You are really crazy, man!«

»Niemand hat das gesagt«, wiegelt Isabel ab. »Aber warum solltest du es nicht behalten? Immerhin könntest du endlich aus diesem Loch ausziehen und eine richtige Buchhandlung aufmachen.«

Uwes Miene verfinstert sich.

»Ach ja, Isabel? Was ist denn eine richtige Buchhandlung? Mit furnierter Einrichtung und Büchertischen zum halben Preis?«

»Nee, aber eine mit Umsatz.«

»Aufhören! Nicht schon wieder«, stöhnt Christa.

Uwe umklammert den Henkel seines Bierglases und spült seine Boshaftigkeiten mit großen Schlucken hinunter. Ihr könnt mich alle mal, denkt er abermals.

»Wer sind überhaupt die Erben?«, will Ronno wissen.

»Wenn es kein Testament gibt, seine Eltern«, antwortet Paul.

Der Wirt blickt erstaunt auf. Viktors Vater ließ am Monatsende oft anschreiben. Damals, als er noch regelmäßig zu ihm in die Kneipe kam.

»Na, großartig!«, ruft Isabel aus und blickt Uwe spöttisch an. »Dann kannst du ja morgen gleich seine Mutter besuchen und ihr den Karton vorbeibringen.« Sie hebt die Hände, um ein Päckchen Luft zu überreichen.

Der Wirt räuspert sich.

»Wieso geben Sie das Geld nicht seinem Sohn?«

Die Frage klingt arglos. Krämer hat die ganze Zeit darauf gewartet, dass sie zur Sprache kommt. Ihm ist vollkommen schleierhaft, warum diese Möglichkeit bislang mit keinem einzigen Wort erwähnt wurde. Unruhig wandert sein Blick von einem der Gäste zum anderen.

»Seinem Sohn«, wiederholt er leise, aber nachdrücklich, als bei niemandem der Groschen fällt.

Ronno schaltet schließlich als Erster.

»Was denn für ein Sohn?«

Verdutzt blickt der Wirt in die Runde. Er hat offenbar eine andere Reaktion erwartet, andere Gesichter. Krämer stützt sich auf den Zapfhahn. Unter ihm knarrt eine Diele wie die Bühne eines Bauerntheaters.

»Ach«, sagt er. »Sie haben also auch nichts davon gewusst?«

»Wovon reden Sie?«

Pauls Stimme klingt noch immer ärgerlich. Noch weniger als die juristischen Widerworte seiner Frau kann er es leiden, wenn er bei etwas nicht mitkommt.

Krämer wischt sich aufgeregt die Hände an seiner Schürze ab. Wie gern hätte er sich jetzt eine Zigarette angezündet. Sein Blick fällt immer wieder auf eine der Schachteln, die vor ihm ausgebreitet auf dem Tresen liegen. Seit nunmehr fünfzehn Monaten hat er keine Zigarette mehr angerührt. Das Aufhören ist ihm so schwer gefallen, dass ihn allein der Gedanke an Nikotinpflaster und Minzpastillen, an Abende, die er Kaugummi kauend durch seine Wirtschaft tigerte, schnell wieder zur Räson bringt.

»Das ist seltsam«, hebt er wiederholt an und kratzt sich dabei am Hinterkopf, wie es abgetakelte Schnüffler in zerfledderten Kriminalromanen manchmal tun.

»Haben Sie denn nicht den Kranz gesehen? Heute Morgen auf dem Friedhof? Darauf stand doch ganz deutlich: *Von Deinem Sohn.*«

Niemand antwortet ihm. Hastige Blicke wechseln vor seinem Tresen hin und her, stumme Fragen werden gestellt, Augenbrauen hochgezogen. Krämer hätte ebenso gut behaupten können, der Kaiser von China habe einen Kranz geschickt, die Verblüffung wäre kaum größer gewesen. Christa buchstabiert innerlich die Kranzinschrift. Ronno springt von seinem Hocker auf wie von einer heißen Kochplatte.

»Sie meinen die Kränze in der Kapelle?«

Krämer nickt.

»In der Kapelle ist er mir noch nicht aufgefallen«, erinnert er sich. »Aber später am Grab war er ganz sicher. Er stand etwas abseits der anderen Gebinde und hatte eine dunkelblaue Schleife mit goldener Schrift.«

»Was haben Sie denn auf dem Friedhof gemacht?«, fragt Isabel. Den anmaßenden Unterton ihrer Frage lächelt sie einfach weg.

»Nun, ich kenne Viktor seit seiner Geburt«, antwortet Krämer, ohne jeden Anflug von falschem Stolz. »Als kleiner Junge kam er fast jeden Tag in die Kneipe, um Bier und Zigaretten für seinen Vater zu kaufen. Oft bekam er dann noch eine Lakritze für den Weg. Sehen Sie!«

Er blickt sich um und zeigt mit ausgestrecktem Finger in eine Ecke hinter ihm, wo auf einem Bord zwischen der Stereoanlage und einem Stapel Bierdeckel ein Plastikbehälter mit Lakritzen steht. Es sieht nicht so aus, als seien nach Viktor noch viele Jungs in der Kneipe gewesen und mit einer Lakritze für den Heimweg wieder herausgekommen.

»Aber er war doch kaum noch hier«, sagt Isabel beim Anblick des verstaubten Bottichs. Er hat dieses Kaff gehasst, ergänzt sie in Gedanken. Und dieses Kaff ihn.

Viktor hat keinen Hehl daraus gemacht, in der tiefsten Provinz aufgewachsen zu sein. Im Gegenteil, er genoss es, staunende Zuhörer mit Details seiner Dorfjugend zu unterhalten. Schützenfeste, Nachbarschaftskriege und Vereinsmeierei hören sich in der Vergangenheitsform nach jeder Menge Spaß an. Auf Partys brach schon mal schallendes Gelächter aus, wenn Viktor in großer Runde von einem seiner Schulkameraden erzählte. Etwa von Otto, dem Sohn des Apothekers, der bereits als Fünftklässler heimlich mit Chemikalien herumexperimentiert hatte und eines Tages sich selbst und das Haus seiner Eltern in die Luft jagte, bei dem Versuch, ein Guckloch in die Badezimmerwand zu sprengen, um seiner älteren Schwester Gudrun dabei zuzusehen, wie sie ihrem Schaumbad entstieg und ihre zarten Brüste mit einem Frotteetuch bedeckte. Natürlich übertrieb Viktor oft schamlos und gab sich gern als der unverstandene, ungeliebte Junge aus, der er gar nicht war. Als der einzig Normale unter lauter Irren. Aber gehasst hat er dieses Dorf nicht. Ebenso wenig wie seine Bewohner ihn. Selbst wenn sie jemals von all seinen Geschichten erfahren hätten.

»Das würde ich so nicht sagen. Erst vor zwei Wochen war er hier.« Krämer ist irritiert. Diese jungen Leute scheinen weit weniger zu wissen, als er gedacht hat. Und noch viel weniger, als sie selbst zu wissen glauben. »Zusammen mit seinem Vater.«

»Mit seinem Vater?«, fragt Uwe überrascht. »Mit dem hat er doch seit Jahren kein Wort mehr gesprochen.«

»Aber sie waren hier, ich erinnere mich noch ganz genau.« Der Wirt deutet auf zwei Hocker, die etwas verloren auf der anderen Seite des Tresens stehen. »Dort drüben haben sie gesessen und Bier getrunken.«

»Merkwürdig«, sagt Ronno nur. Nicht nur ihm mangelt es an Fantasie, sich Viktor und seinen Vater vorzustellen, wie sie hier gesessen und ihr holprig in die Gänge kommendes Gespräch mit ein paar Bieren zu ölen versucht haben.

»Und Sie sind sich ganz sicher, dass Sie sich nicht verlesen haben?«, fragt Paul den Wirt. »Dass da nicht *Für meinen Sohn* oder so etwas stand?«

Der Wirt schüttelt entschieden den Kopf.

»Der Kranz seines Vaters war viel größer und lag direkt vor dem Sarg. Neben dem der Mutter.«

»Sie müssen sich geirrt haben«, bleibt Ronno skeptisch. »So ein Kranz wäre uns doch aufgefallen.«

Der Wirt zögert erneut. Die Sache mit dem Kranz wird immer mysteriöser.

»Glauben Sie mir«, versucht er seiner Beobachtung Nachdruck zu verleihen. »Ich bin nicht der Einzige, der ihn gesehen hat.«

Krämer ist sich sicher: Jeder auf dem Friedhof hat den Kranz bemerkt. Jeder, außer Ronno und seine bornierten Freunde aus der Stadt.

»Wir fragen uns schon den ganzen Tag, was es damit auf sich hat.«

»Wir?«

»Ja, wir. Die Leute aus dem Dorf«, richtet sich Krämer jetzt an Isabel. Die Leute, die ihr für Idioten und Hinterwäldler haltet. »Wir haben geglaubt, wenigstens Sie wüssten, was das alles zu bedeuten hat. Ich meine, wenn nicht Sie, wer dann?«

»Was ist denn mit den Eltern?«, will Christa wissen. »Was haben die denn zu dem Kranz gesagt?«

»Nichts«, antwortet Krämer mit gesenkter Stimme. »Es hat sich niemand getraut, sie zu fragen.«

Erneut fällt sein Blick auf die Zigaretten vor ihm. Erst seit ein paar Wochen gibt es wieder einen Automaten in der *Alten Post.* Fünfzehn Monate zuvor hatte Krämer das Teil aus seiner Kneipe verbannt. Das hat er jetzt davon. Er zieht eine Schublade auf und zählt etwas Kleingeld ab. Entschlossen kommt er hinter seinem Tresen hervor, entschuldigt sich kurz und verschwindet durch die Schwingtür.

Ratlos sieht ihm Ronno hinterher. Er hört, wie der Zigarettenautomat im Flur mit Münzen gefüttert wird. Der Alte muss sich geirrt haben. Ronno blickt zu den anderen. Alle hier müssen sich geirrt haben. Paul ist schon einen Schritt weiter und fragt sich, was dieser Kranz für den Verlauf des heutigen Abends zu bedeuten hat und was darüber hinaus. Isabel nutzt den wortlos verstreichenden Moment, um auf ihr Mobiltelefon zu sehen – nach wie vor keine Anrufe, kein Empfang. Beim Anblick der Uhrzeit auf ihrem Display entfährt ihr ein tiefer Seufzer. Uwe riskiert einen ungenierten Blick auf ihre Brüste, die sich im gleichen Moment deutlich unter ihrer Bluse abzeichnen.

»Und Sie sind sich ganz sicher?«, fragt Paul noch einmal nach, als Krämer zurück hinter seinem Tresen ist. »Der Kranz hat neben dem Grab gelegen?«

»Absolut«, antwortet der Wirt und nickt, während er sich umständlich eine Zigarette anzündet und den ersten Zug wie frische Seeluft inhaliert. »Sie können es leicht nachprüfen. Der Friedhof ist nur ein paar Minuten entfernt.«

Paul sieht auf seine Uhr. Ihnen wird kaum etwas anderes übrig bleiben. Wohlwollend überschlägt er seinen Alkoholpegel, während sich Ronno vor ihm aufbaut.

»Okay. Wer kommt mit?«

»Wohin?« Christa sieht erschrocken auf, Uwe ebenfalls. Der Wirt zapft bereits eine neue Runde.

»Auf den Friedhof? Um diese Zeit?«

»Warum nicht? Hast du Schiss?«

Uwe hebt besänftigend die Hände. Noch so eine Seminarleitergeste.

»Moment, Leute, nicht so schnell! Warum rufen wir nicht zuerst seine Eltern an?«

»Tolle Idee«, murmelt Ronno und nimmt sein Jackett von der Garderobe.

»Wieso nicht?«, beharrt Uwe auf seinem Vorschlag. »Immer noch besser, als nachts auf dem Friedhof herumzulaufen.«

»Denk doch mal nach, Kafka!«

»Ich komme mit, Ronno.« Paul schwankt leicht, als er in seinen Taschen nach den Autoschlüsseln sucht. »Schatz«, wendet er sich an seine Frau, »wir haben doch sicher noch Marcos Taschenlampe im Wagen, oder?«

Christa steht ebenfalls auf. Die Idee, auf den Friedhof zu fahren, gefällt ihr ganz und gar nicht.

»Wartet mal! Ihr dürft doch gar nicht mehr Auto fahren. Ich finde Uwes Idee gar nicht schlecht. Warum rufen wir denn nicht zuerst bei seinen Eltern an?«

»Und was willst du ihnen sagen?«

Paul sieht ihr fest in die Augen. Dann spreizt er die Finger seiner rechten Hand zu einem Mobiltelefon. »Guten Abend, Frau Liebers! Entschuldigen Sie bitte die späte Störung. Wir sitzen hier noch immer auf der Beerdigung Ihres Sohnes, und nach der dritten Runde Bier fragen wir uns, ob Viktor vielleicht mal was von einem Enkelkind erwähnt hat.« Paul klappt sein Telefon wieder zusammen. »Was ist, wenn sie Nein sagt?«

Christas Augen verengen sich, ihre Wangen laufen rot an. Paul hat sie gerade ziemlich gut imitiert und dabei einen Tonfall getroffen, den sie schon immer an sich gehasst hat. Christa fragt sich plötzlich, ob ihr Mann das schon öfter gemacht hat. Und wenn ja, in wessen Gegenwart?

»Ich kann noch fahren«, behauptet Ronno, der sich vom Wirt den kürzesten Weg zum Friedhof erklären lässt.

»Na gut«, gibt Christa schließlich klein bei. »Aber ich komme auch mit.«

»Na prima!«, protestiert Isabel. »Wollt ihr jetzt alle auf den Friedhof fahren und Totengräber spielen? Es reicht doch, wenn einer fährt und nachsieht.«

»Was ist mit dir, Uwe?«

Der Wirt stellt gerade ein weiteres, frisch gezapftes Bier vor Uwe auf den Tresen.

»Isabel hat recht«, sagt er. »Ich bleibe auch hier.« Jemand muss Isabel schließlich Gesellschaft leisten.

»Also los«, schnaubt Ronno. Sein Blick auf Uwe hätte nicht geringschätziger sein können. »Dann bleibt ihr eben hier. Ihr habt euch sicher eine Menge zu erzählen.« Per Handzeichen gibt er Christa und Paul das Signal zum Aufbruch. »Los, kommt!«

Ronno, Christa und Paul verlassen die Gaststätte. Draußen ist die Kofferraumklappe von Pauls Wagen zu hören. Türen gehen auf und wieder zu. Ein Auto startet und fährt davon. Kurz darauf ist es still.

6

Wann begreifst du das endlich?

»Hast du Kleingeld?«

Als Uwe von seinem Hocker steigt, knacken seine Kniegelenke. Er dreht sich in Richtung der Jukebox.

»Ich habe bloß zwei Hunderter dabei«, gibt Isabel die Frage an den Wirt weiter. »Und meine Kreditkarte, natürlich.«

Krämer öffnet seine Kasse. Kreditkarte, du liebe Güte! Er fischt ein paar Münzen heraus und legt sie vor Isabel auf den Tresen.

»Möchten Sie noch etwas trinken?«

Er deutet auf ihr leeres Glas. Isabel nickt.

Uwe nimmt das Kleingeld vom Tresen. Bevor er geht, leert er sein fast volles Glas in einem Zug.

»Für mich auch noch mal eins.«

Krämer hat verstanden und räumt ab. Bedächtig spült er Schaumreste, Fingerabdrücke und Lippenstift von den Gläsern und hält sie anschließend erneut unter den Zapfhahn.

»Ist hier in der Gegend viel Polizei unterwegs?«

Mit besorgter Miene blickt Isabel auf die sich bildende Schaumkrone. Krämer ist sich nicht sicher, ob ihre Frage ernst gemeint ist. Im Dorf selbst gibt es gar keine Polizei. Die nächste Dienststelle ist etwa fünfzehn Kilometer entfernt. Es dauert mindestens eine halbe Stunde, bis die Polizei aus der Kreisstadt hier eintrifft. Wenn man sie ruft. Aber wahrscheinlich macht sie bloß wieder einen ihrer Witze.

»Nein«, antwortet er knapp, »das nicht gerade.«

Im gleichen Moment erklingt Musik aus der Jukebox. Uwe hat sich nach einigem Hin und Her für etwas von

Prince entschieden. Auf dem Weg zurück zur Theke beginnt er zu tänzeln und vollführt, zu den ersten Takten von *1999*, eine traumwandlerische Drehung um die eigene Achse, bei der er um ein Haar das Gleichgewicht verliert und nur die Standfestigkeit eines nahe stehenden Hockers einen Sturz vereitelt. Nachdem er sich wieder gefangen hat, grinst er Isabel unverhohlen an.

»Weißt du noch, Isa? Damals in Crans-Montana? In Ronnos Hütte? Mann, was waren wir besoffen!«

Sie hat sich schon gefragt, wann Uwe wieder davon anfangen würde. Von früher, von den guten alten Zeiten. Er kann es einfach nicht lassen. Was auch immer in den letzten zwanzig Jahren passiert ist, egal ob es alle längst vergessen haben oder gern vergessen würden, Uwe weiß es noch. Und er wird nicht müde, daran zu erinnern. Geradezu zwanghaft rattert er Daten und Ereignisse herunter, wiederholt, was irgendwer irgendwann einmal zu irgendwem gesagt hat. Jedes Mal, wenn er eine dieser alten Geschichten aufwärmt, scheint er sich an weitere Einzelheiten zu erinnern. Inzwischen schmückt er seine Anekdoten mit an Besessenheit grenzenden Details aus. Besonders die Geschichte aus Crans-Montana.

Isabel wirft dem Wirt einen kurzen Blick zu. Ein dezenter Hilferuf, mit dem sie auf Empfängen und Partys gewöhnlich ihrer Assistentin signalisiert, sie augenblicklich aus den Klauen irgendeines Malers oder Ministers zu befreien. Der Wirt jedoch weiß nichts damit anzufangen. Für ihn ist ihr missmutiges Gesicht nur ein weiterer Beweis dafür, dass sie launisch und kompliziert ist. Eine aus der Stadt eben. Isabel bemerkt seinen distanzierten, gereizten Gesichtsausdruck. Ihr Vater hat sie auch immer so angesehen. Sie setzt das randvolle Glas an, als wolle sie ihr Gesicht darin versenken, während sich Uwe bereits in den Details dieses Skiurlaubs verliert, um, wie jedes Mal, genüsslich den Augenblick hinauszuzögern, auf den seine Schilderungen unzweifelhaft hinauslaufen.

Schon seit Jahren hat sich Isabel keine große Mühe mehr gegeben, den Kontakt zu den anderen aufrechtzuerhalten. Das letzte Mal hatte sie so hartnäckig Terminschwierigkeiten vorgeschoben, dass Christa schließlich vorschlug, sich in Warschau zu treffen. Das sei schließlich das Einfachste gewesen, sagte sie dort am ersten Abend, während sie in Isabels Kaminzimmer auf ihr Wiedersehen anstießen und Christa von allen Seiten für ihr Organisationstalent gelobt wurde. Isabel ließ diesen Augenblick wie das gesamte Wochenende über sich ergehen: professionell und umso herzlicher, je näher der Termin der Abreise rückte. Mit aufgekratzter Stimme verabschiedete sie sich am Warschauer Flughafen, nicht ohne jedem Einzelnen noch einmal zu versichern, wie schön es doch gewesen sei, nach all dem Hickhack. Sie wünschte allen eine gute Reise und verschwand winkend aus der Abflughalle. Tags darauf wies sie ihre Assistentin an, private Anrufe aus Deutschland fürs Erste unter dem Vorwand einer Geschäftsreise abzuwimmeln. Sie hätte nicht im Traum daran gedacht, die anderen schon so bald wiederzusehen.

»Lust auf ein Tänzchen?«

Uwes Frage reißt Isabel aus ihren Gedanken wie ein Feueralarm aus der Betrachtung eines Hieronymus Bosch. Er ist ihr unangenehm nahegekommen. Sie kann seinen Atem riechen, diesen Uwegeruch, der aus jeder seiner Poren dringt. Ein beißendes Bouquet aus Alkohol, Schweiß und moderigen Buchseiten steigt ihr in die Nase. Sie spürt seine teigigen Hände auf ihren Schenkeln und stößt sie weg. Der Anblick seiner vom Nikotin verfärbten Finger, die über die Bügelfalten ihrer Hose streichen, lässt sie erschaudern.

»Lass das, Uwe! Spinnst du?«

Uwe geht einen Schritt zurück.

»Schon gut«, sagt er und hebt – halb erschrocken, halb empört über ihre heftige Reaktion – seine Hände.

»Setz dich wieder hin«, befiehlt Isabel. Mit eisigem Blick wartet sie, bis Uwe zurück auf seinen Hocker geklettert ist. Sein widerwilliger Gehorsam lässt ihn alt und steifgliedrig wirken. Die Unschuldsmiene kann er sich sparen. Noch immer dudelt Prince aus der Jukebox. In Crans-Montana säuselte Uwe den Text von *Purple Rain* in eine Haarbürste, während er vor Isabel auf die Knie ging und sich den bis zum Bauch aufgeknöpften Pyjama von der Schulter rutschen ließ. Das fand sie damals süß. Danach hat sie nie wieder mit Uwe geschlafen. Aus heutiger Sicht erscheint ihr diese kleine Episode in der Skihütte geradezu absurd, ein Ausrutscher, ein Drei-Promille-Fick. Für Uwe jedoch ist sie bis heute Anlass einer diffusen Hoffnung.

»Früher …«

»Früher ist vorbei, Uwe.« Ihre Stimme klingt schneidend, ihre Handbewegung ist scharf und ungerührt, wie man einen roten Zünddraht durchtrennt oder den Hals einer Weihnachtsgans. »Wann begreifst du das endlich?«

Uwe verstummt augenblicklich. Was soll das werden? Er hat doch bloß seine Hände auf ihre Knie gelegt, nichts weiter. Hält sie das etwa schon für einen Annäherungsversuch? Was glaubt sie denn, was er vorhat?

»Schon klar«, sagt er und blickt sie finster an. Isabel hat es gerade nötig, ihn wie einen Grabscher zu behandeln. Sie, die sich früher einfach auf seinen Schoß gesetzt, ihn umarmt und ihren duftenden Kopf auf seine Schulter gelegt hat. Nur freundschaftlich, natürlich! Sie sei eben etwas »touchy«. Alle haben sich das damals gefallen lassen. Aber das war ja früher. Die Regeln haben sich geändert. Danke für den Hinweis! Du dumme, eingebildete Kuh. Uwe lässt sich von Krämer einen Korn einschenken und kippt ihn in einem Zug hinunter.

Isabel mustert Uwe von der Seite. Für einen Augenblick ist er ihr unheimlich. Der jahrelange geschäftliche Misserfolg, die ständige Nichtbeachtung von Kunden und, wie sie annimmt, auch von Frauen haben deutliche Spuren hinterlassen. Die Verbitterung, die aus Uwes Augen spricht, wird sich bald ihren Weg bahnen. Fragt sich nur, ob sie sich dann gegen ihn selbst richtet oder gegen jemand anderen.

Als Isabel zum Wirt sieht, fängt dieser ihren Blick gleich auf. Als habe er schon damit gerechnet, dass sie sich seiner Anwesenheit versichern werde. Sie lässt sich ebenfalls einen Korn geben und prostet Uwe zu.

»Trinken wir lieber einen! Trinken wir auf Viktor!«

Uwe beachtet sie gar nicht. Reglos starrt er vor sich hin. Vor seinem Auge tauchen noch einmal all die alten Geschichten auf, die er so gern erzählt. Der ganze Film. Nur dass die Bilder nicht aufeinander folgen, sondern bloß übereinander gelegt sind, so viele, dass es fast unmöglich ist, noch etwas darauf zu erkennen.

»Kannst du dir vorstellen, dass Viktor einen Sohn hatte?«, fragt er leise. »Und dass er niemandem davon erzählt hat?«

Uwe hat sich wieder gefangen. Isabel registriert die Veränderung sofort. Was auch immer er gedacht hat, oder wie tief er in seine inneren Abgründe geblickt haben mag, jetzt hat er sich wieder im Griff. Auch Krämer hat es bemerkt. Isabel sieht ihm die Erleichterung an. Er mustert Uwe mit jener Mischung aus Angst und Erstaunen, mit der ein Sanitäter ein Unfallopfer ansieht, das soeben reanimiert wurde.

»Ich weiß nur, dass ich ihn viel weniger gekannt habe, als ich dachte«, sagt sie schließlich, nachdem sie den Korn heruntergekippt hat. »Ich weiß ja noch nicht mal genau, wovon er in den letzten Jahren gelebt hat.«

»Geld hatte er jedenfalls genug.«

Isabel nickt.

»Aber hast du dich nicht auch gefragt, woher?«

Natürlich hat er sich das gefragt. Gerade Uwe hat sich diese Frage immer wieder gestellt. Schließlich war Viktor nicht nur sein bester Freund, sondern auch der Einzige, der wie er ohne ein erkennbares Einkommen über die Runden kam. Sein einziger Verbündeter, wenn man so will. Aber aus ihrer gemeinsamen Abneigung gegen ein geregeltes Arbeitsleben resultierte auch eine gewisse Konkurrenz, eine Vergleichbarkeit der Lebensstile, der sich Uwe in den letzten Jahren immer weniger entziehen konnte. Es hat ihn verletzt, hundertfünfzigtausend Euro in dem Karton zu finden. Er hat sich von seinem Freund verraten gefühlt. Dennoch macht er jetzt, mit der Frage nach Viktors Vermögensverhältnissen konfrontiert, ein möglichst unaufgeregtes Gesicht. So eins, das er auch macht, wenn sich doch mal ein Kunde in die *Bücherbude* verirrt: höflich, aber nicht übermäßig interessiert. Und natürlich ohne sich die Verwunderung darüber anmerken zu lassen.

»Ehrlich gesagt hat mich das nie sonderlich interessiert.«

»Du denkst nicht, dass sein Tod mit dem Geld zu tun hat?«

»Nein«, antwortet Uwe mit fester Stimme. »Wieso sollte es auch? Geld hat Viktor doch noch nie viel bedeutet.«

Isabel blickt ihn skeptisch an.

»Weil er nie welches hatte.«

»Offensichtlich ja doch«, entgegnet Uwe, als müsse er gerade seinen eigenen Kontostand verteidigen. »Nur weil er es nicht so raushängen ließ wie Ronno oder …« Er stockt und blickt Isabel aus den Augenwinkeln an.

»Oder wer?«

Uwe lächelt. Er hat eigentlich Christa sagen wollen. Dass auch Isabel sich angesprochen fühlt, ist nicht sein Problem.

»Weißt du noch«, übergeht er ihre Frage einfach, »unser Trip in die USA vor ein paar Jahren? Diese Woche in New York, das piekfeine Hotel in der Nähe des Central Parks? All die schicken kleinen Restaurants, in denen wir Abend für Abend saßen und uns mit Manhattans und Mojitos abgefüllt haben? Habt ihr damals wirklich geglaubt, ich hätte mir das alles leisten können? Viktor hat das alles für mich bezahlt, sogar diesen dämlichen Helikopter-Rundflug, auf den du so scharf warst, Isa.«

Isabels Stirn legt sich in Falten. Natürlich erinnert sie sich an die Reise. Und daran, dass sie damals Paul verdächtigt hat, Uwe finanziell unter die Arme gegriffen zu haben. Ronno hatte ja gerade erst Pleite gemacht. Es konnten also nur Paul und Christa gewesen sein. Genauer gesagt: Paul *oder* Christa. Auf Viktor wäre sie damals nicht im Traum gekommen.

»Okay, okay! Dann hatte er eben Geld.« Isabel bricht die Diskussion ab, bevor Uwe noch weitere Details des New-York-Besuchs ausplaudern kann. Zum Beispiel, wie Isabel ihm eines Nachts auf dem Hotelflur entgegenkam, mit offenem Haar und fahrlässig geknotetem Morgenmantel, unter dem sie eine von Viktors roten Boxershorts trug.

»Bleibt die Frage, ob er auch einen Sohn hatte. Einen Sohn, von dem wir alle nichts gewusst haben sollen?«

Krämer, der sich in den letzten Minuten unsichtbar gemacht hat – eine Fähigkeit, die er als Wirt ebenso perfekt beherrscht wie das Hantieren mit einem Knobelbecher –, lauscht dem Gespräch vor seinem Tresen wie einer Radioansprache. Er nickt auf Isabels Frage hin, als habe sie ihm damit, wie auch der gesamten Dorfbevölkerung, aus der Seele gesprochen.

»Zuzutrauen wäre es ihm«, antwortet Uwe nur.

»Aber wie lange kann man so ein Kind geheim halten? Wie alt ist dieser Sohn überhaupt? Und von wem, verdammt noch mal, soll er sein?«

Isabel hat eine einfache Rechnung angestellt: Viktor ist wie sie vor Kurzem achtunddreißig Jahre alt geworden. Sie kennt ihn also seit fast zwanzig Jahren. Ein Gedanke, den sie schnell beiseiteschiebt. Einfacher macht das die Sache nicht. Aber doch unwahrscheinlich, dass Viktor das Kind vor ihrer Zeit gezeugt hat. Das wiederum bedeutet, wenn es diesen Sohn tatsächlich gibt, dann kennt sie die Mutter vermutlich. Sie muss ihr irgendwann einmal begegnet sein. Oder wenigstens von ihr gehört haben. Wie im Schnelldurchlauf denkt sie über die letzten zwanzig Jahre nach. Auch die wenigen flüchtigen Abenteuer der letzten Zeit zieht sie in Erwägung. Aber auf den ersten Blick scheint niemand infrage zu kommen. Die meisten Frauen sind wahrscheinlich längst verheiratet und haben ihre eigenen Kinder. Ihre eigenen Kinder! Dabei blickt sie in Richtung Musikbox, aus der inzwischen eine scheppernde Version von *Sexy Motherfucker* ertönt. Und plötzlich kommt ihr der Gedanke, der sie zusammenfahren lässt.

Während Uwe – inzwischen mehr an den Wirt gewandt – die möglichen Zeitpunkte der Vaterschaft Revue passieren lässt, festigt sich in Isabel der unerhörte Gedanke, dass nur Christas Sohn Marco jenes Kind sein kann, dessen Kranz heute Morgen auf dem Grab gelegen hat. Nicht hinter ihrem Rücken, sondern vor ihrer aller Augen hat dieser Sohn gelebt. Nur so ist zu erklären, dass niemand je von einem Kind gehört hat und dass es nie eine Mutter an Viktors Seite gab. Nur so ist es zu erklären, dass heute dieser seltsame Kranz neben dem Grab gelegen hat, ohne dass ihr oder den anderen bei der Beerdigung ein fremdes Gesicht aufgefallen ist. Es passt einfach alles zusammen. Isabel blickt ruckartig auf. Sie ist rot geworden, das spürt sie.

7

Jetzt leuchte uns doch mal!

Christa sitzt auf der Rückbank und blickt verärgert aus dem Seitenfenster, als der Wagen in die schmale Friedhofseinfahrt biegt. Wie kann man sich jetzt über Klimaanlagen und Navigationssysteme unterhalten?

»Du kannst hier parken«, unterbricht sie die beiden Männer vor sich. »Das Grab ist gleich da vorn. Hinter den Forsythien.«

Mit dem Motor verstummt auch Ronnos Vortrag über Multifunktionstasten.

»Dann mal los«, murmelt er, während er den Gurt löst und aussteigt.

Paul knipst seine Taschenlampe an und hält sie auf eine Lücke in den Sträuchern, nicht weit vom Auto entfernt.

»Hier können wir durch, dann geht es schneller.«

Er schiebt einige Äste beiseite und leuchtet auf den Boden, der fest und deutlich ausgetreten ist. Es ist offensichtlich eine beliebte Abkürzung, die vom Parkplatz direkt zu dem Teil des Friedhofs führt, der erst vor einigen Jahren erschlossen wurde und dessen Reihen sich von Jahr zu Jahr füllen. Nach wenigen Schritten bleibt Christa stehen.

»Unheimlich, oder?«

Ronno, der ihr durch die Sträucher hindurch gefolgt ist, überholt sie und tritt als Erster auf den befestigten Weg, der durch eine Laterne nur schwach beleuchtet ist.

»Umso schneller sollten wir es hinter uns bringen.«

Christa dreht sich um.

»Wo bleibst du denn, Paul? Jetzt leuchte uns doch mal!«

Paul stolpert beinahe, als er sich wieder an die Spitze der Gruppe setzt. Vor dem einzigen frisch ausgehobenen

Grab bleiben sie stehen. Dicht zusammengedrängt, wie eine fröstelnde Herde im Morgengrauen, folgen sie dem Lichtkegel der Taschenlampe. Mit zusammengekniffenen Augen versuchen sie, die Kranzinschriften zu entziffern.

»Da ist der Kranz von seinem Vater.« Ronno zeigt mit dem Finger darauf. Wie der Wirt gesagt hat, direkt neben dem seiner Mutter.

»Da! *Von Deinem Sohn*«, liest Paul laut vor. Dabei betont er die Worte einzeln. Wie um sich mit dem Klang eines ungewöhnlichen Namens vertraut zu machen.

»Der Alte hatte also recht.«

Christa starrt auf die geschwungenen, gold schimmernden Buchstaben, auf die im flatternden Blau der Nacht nahezu unsichtbare Schleife.

»Nicht zu fassen«, flüstert sie.

Ronno tritt einen Schritt vor und setzt seinen Fuß auf eine der Steinplatten, die das Nachbargrab einfassen. Vorsichtig hebt er den Kranz an.

»Paul, leuchte mir mal!«

»Was hast du vor?«, fragt Christa beunruhigt. »Du willst das Ding doch nicht etwa mitnehmen, oder?«

»Natürlich nicht. Aber vielleicht hat jemand eine Karte hinterlassen, irgendeinen Hinweis.«

Eine gute Idee. Leider ohne das gewünschte Ergebnis. Die drei Worte auf der Schleife sind alles, was der geheimnisvolle Kranzstifter mitzuteilen hat. Christa blickt sich auf dem Friedhof um. Ihr ist plötzlich, als hätte sie einen Schatten gesehen. Am Ende der Grabreihe, wo zwischen dem Brunnen für frisches Wasser und einem grün gestrichenen Bretterverschlag eine weitere schwache Laterne brennt.

»Paul!«

Ronno lässt vor Schreck den Kranz fallen. Christa mäßigt ihre Stimme sofort zu einem Flüstern.

»Ich glaube, da hinten ist etwas.«

8

Vergiss es, Uwe!

Noch immer redet Uwe auf den Wirt ein. Über Christas dreißigsten Geburtstag, den gemeinsamen Tauchurlaub in Ägypten und Ronnos Auslandssemester in Kapstadt. Krämer nickt tapfer. Uwe ist nicht mehr zu bremsen. Seine ausschweifenden, spannungsarmen Anekdoten dringen wie heißes Wachs in Isabels Ohren. Nach einer Weile klingt Uwes Stimme nur noch dumpf und weit entfernt, bis plötzlich einer seiner Sätze, vielleicht auch nur ein einzelnes Wort, die Schutzschicht auf ihrem Trommelfell wieder aufbricht und ihre Aufmerksamkeit weckt, wie ein Radio, das nach einem Stromausfall urplötzlich wieder anspringt.

»Ich glaube, damit ist Viktor einfach nicht klargekommen.«

»Womit?«, will Isabel wissen.

»Das hab ich doch gerade zu erklaren versucht.«

Isabels Blick richtet sich erwartungsvoll an den Wirt. Krämer macht ein ahnungsloses Gesicht, fühlt sich ertappt.

»Schau uns doch bloß mal an«, beginnt Uwe von Neuem. »Paul und Christa, die hören sich doch schon an wie ihre eigenen Eltern: Schatz, haben wir noch Marcos Taschenlampe im Wagen?«

Bei den letzten Worten schneidet er eine übertriebene Grimasse und malt mit den Fingern kleine Anführungszeichen in die Luft. Eine Geste, die Isabel seit ihrer Schulzeit nicht mehr gesehen hat und die sie schon damals absurd und idiotisch fand. Ihr Geschichtslehrer Doktor Klammstich, ein pockennarbiger Quartalssäufer mit einer Vorliebe für alte Griechen und – was man sich damals so erzählte – junge Mädchen, zitierte immer in solchen »Gänsefüßchen«, was ihm bei seinen Schülern schnell den Spitznamen Gustav Gans einbrachte. Nur dass Klammstich nicht besonders viel Glück hatte und im darauffolgenden Schuljahr an einer Leberzirrhose verstarb, kurz bevor Isabel und ihre vorlauten Mitschülerinnen endlich volljährig wurden.

»Oder nimm Ronno mit seinem Gejammer über faule Mitarbeiter und zu hohe Steuern. Weißt du noch, wie wir solche Leute früher genannt haben?«

»Lemminge«, nimmt Isabel seine Antwort vorweg. Ihr Interesse ist längst wieder verflogen.

»Lemminge«, ruft Uwe triumphierend aus. »Du sagst es. Genau das sind wir geworden.«

»Wir?«

Isabel lächelt dem Wirt zu, als verdiene Uwe mildernde Umstände.

»Ja, wir«, antwortet Uwe mit fester Stimme. Seine Schultern haben sich aufgerichtet, die Haut in seinem Nacken spannt sich. Isabels Reaktion, den harschen, unterkühlten Ton in ihrer Frage, hat er zweifellos erwartet. »Sieh doch nur, wie wir hier schon den ganzen Tag herumsitzen. Schau dir unsere gelangweilten Gesichter an, dieses lustlose Gequatsche. Schon vergessen? Wir sind auf der Beerdigung unseres besten Freundes und haben nichts Besseres zu tun, als uns die ganze Zeit über Kleinigkeiten zu streiten. Wir sind ein Klischee, Isa. Nichts weiter als ein albernes Klischee.«

»Wir?«, fragt Isabel erneut. »Was redest du da, Uwe? Du willst mich doch nicht allen Ernstes mit Ronno und den anderen in einen Topf werfen? Bist du bescheuert? Bist du blind?« Ihr Ton hat jetzt etwas Zurechtweisendes.

»Im Gegenteil, Isabel. Du müsstest dich mal sehen, dich reden hören. Wie du heute hier den ganzen Tag herumstolzierst und mit nichts und niemandem etwas zu tun haben willst. Nur weil wir dich vielleicht an etwas erinnern, was du lieber vergessen würdest. Meinst du, ich sehe das nicht? Dass du alles, was mit früher zu tun hat, bloß müde belächelst? Dass du so tust, als wären dir Viktor und alle anderen scheißegal, nur damit du dich besser fühlst?«

Isabel fasst sich mit der Hand an die Stirn, als stecke ihr Kopf in einem Schraubstock. Viktor und Christa. War das überhaupt möglich? Hat Christa ihren Paul betrogen? Wann? Und warum? Und wie lange hat das Ganze gedauert? Wie hat sie das all die Jahre für sich behalten können? Ausgerechnet Christa, dieses redselige Plappermaul? Isabel blickt auf ihr Bier, um sich zu konzentrieren.

»Dass ich so tue? Du denkst, dass ich nur so tue? Junge, Junge, da irrst du dich aber gewaltig. Lass dir eins gesagt sein, Uwe: Wenn es nach mir ginge, würden wir uns nie wieder sehen. Wir alle nicht. Was früher einmal war, interessiert mich einfach nicht mehr. Tut mir leid für dich! Ich fühle mich ganz wohl in meiner Haut. Ich bin sogar heilfroh darüber, nicht mehr zwanzig zu sein.«

Uwe nickt, als habe er diese oder eine ähnliche Antwort bereits etliche Male gehört.

»Ja, ja, das denkt jeder, Isa. Das ist ja gerade der Witz dabei.«

»Der Witz wobei?«

»Na, dass man es selbst nicht merkt.«

»Was nicht merkt?«

Isabel straft ihn mit einem Ausdruck aristokratischer Herablassung. Ein kalter, durchdringender Blick, mit dem sie sonst Künstler auf kleiner Flamme hält, die unangemeldet in ihrer Galerie aufkreuzen und allzu großspurig von der Bedeutung ihrer Bilder schwärmen. Meist gelingt es ihr, sie mit einem einzigen Blick zu verunsichern, ihnen den Wind aus den Segeln zu nehmen. Sie in die Defensive zu drängen, zurück in die dunkle Ecke, aus der sie ans Licht streben. Über die Jahre hat Isabel diesen Blick perfektioniert. Früher oder später geben alle klein bei und beginnen, wirres Zeug zu reden. Sie verlieren sich in naivem Geschwätz über Farbkompositionen und Maltechniken, die ihnen, vor der Staffelei stehend, noch als außergewöhnlich oder gar als revolutionär erschienen sind. Ebenso wie Uwe ringen sie verzweifelt um Worte, die der Bedeutungslosigkeit ihrer Hirngespinste nichts entgegenzusetzen haben. Im Gegenteil, indem sie heillos herumstammeln, machen sie alles nur noch schlimmer.

»Was nicht merkt?«, wiederholt Isabel ihre Frage, als führe sie vor versammelter Mannschaft den Klassentrottel vor.

»Frag doch nicht so dämlich«, knurrt Uwe. »Du weißt genau, wovon ich rede.« Er hebt die Schultern, als komme darunter gleich eine Erklärung zum Vorschein.

Isabel blickt ihn lauernd an. Was erlaubt sich Uwe, sie mit den anderen gleichzusetzen? Mit Paul und Christa. Mit ihrer Selbstzufriedenheit, ihren kleinbürgerlichen Sorgen, ihren Hobbys. Satt und festgefahren sind sie, wie die meisten Deutschen ihrer Generation. Isabel belächelt sie seit Langem für ihre Lieblingsitaliener, für die Zeitschriften, die sie abonnieren, für die leeren Gehäuse aus gebürstetem Metall, mit denen sie ihre Musik »streamen«. Gästen in ihrer Galerie erklärt sie ihren Aufenthalt in Polen häufig als eine Art kulturelles Exil, als Zwischenstation einer Flucht vor den biederen, uninspirierten Deutschen Ende dreißig. Dennoch schüttelt sie jetzt vehement den Kopf. Mit seinen schwammigen Vorwürfen, seinem Gejammer der alten Zeiten wegen, beklagt Uwe doch bloß seinen eigenen intellektuellen Abstieg.

Hilfesuchend weicht er ihrem Blick aus, hofft, in Krämer einen Verbündeten zu finden. Der aber hat die ganze Zeit über Gläser gespült und beginnt, diese nun mit einem sauberen Geschirrtuch zu polieren. Er macht es richtig, denkt Isabel, er hält sich einfach heraus. Als Wirt muss er wahrscheinlich Woche für Woche solche unsinnigen Diskussionen über sich ergehen lassen. Sie fragt sich, wie er das aushält. Wie man all die Wehklagen notorischer Dauerverlierer erträgt? Indem man dabei Gläser poliert? Wenn er wüsste, wie gut sie ihn verstehen kann. Als Krämer kurz zu ihr aufsieht, schenkt sie ihm ein aufmunterndes Lächeln. Dann richtet sie sich wieder an Uwe, der offenbar schon am Ende seines Lateins ist.

»Wir sind also ein Klischee geworden, ja? Was macht dich eigentlich so sicher, dass wir nicht schon immer eins waren? Ich meine, nur weil Ronno heute so ein Arschloch ist, heißt das ja nicht, dass er nicht schon immer eins war.«

Das war er nicht. Niemand weiß das besser als Uwe. Einige Jahre teilten sich die beiden die Wohnung, in der Uwe heute noch lebt und unter der er später seine Buchhandlung eröffnet hat. Damals lief die Kfz-Werkstatt im Erdgeschoss noch, und der Hof stand voll mit aufgebockten Autos und reparaturbedürftigem Schrott. Eine schwere Stahltreppe führte an der Seitenwand der Werkstatt vorbei in die obere Etage, die nur aus einem einzigen, großen Raum bestand, an den eine offene Küche und ein Bad angeschlossen waren. Die Wohnung war dunkel und ohne jeden Komfort. Der Boiler im Bad erhitzte gerade so viel Wasser, dass man heiß duschen konnte, wenn man sich nicht allzu viel Zeit dabei ließ. Die Stromsicherungen waren unzuverlässig, die Holzfenster schlecht isoliert. Im Winter flackerten die Teelichter auf dem Fensterbrett. Dennoch war diese Wohnung über lange Zeit ihr Treffpunkt. Zu welcher Tages- und Nachtzeit man auch klingelte, an dem großen Holztisch neben der Küche saßen immer Gäste, rauchten, tranken und redeten. Wenn man unten am Fuß der Metalltreppe stand, hörte man immer schon das ausgelassene Gelächter, das Klirren der Gläser.

Für Viktor, Isabel, Christa und Paul war die Wohnung der beiden damals so etwas wie das Zentrum der Welt. Mit wem man auch sprach, jeder in der Stadt schien von dieser Wohnung gehört zu haben oder hatte selbst einen Tag oder eine Nacht oder gar beides darin verbracht. Immer mehr Leute kamen einfach so vorbei und brachten wieder andere Leute mit. Partys wurden gefeiert, Essen gekocht, Bücher und Filme getauscht und hochtrabend diskutiert. Isabel, die in dieser Zeit die Malerei für sich entdeckt hatte, schleppte dauernd neue Freunde an, die ihre Bilder zeigten oder DJs waren und Schallplatten auflegten. Und Ronno mittendrin. Er schien eine geradezu kindliche Freude dabei zu empfinden, Gäste zu empfangen, sie mit ausgebreiteten Armen an der Tür zu erwarten und ihnen bei alldem zuzuhören, was sie gut fanden und was nicht. Auch wenn man es sich heute nur noch schwer vorstellen kann – Ronno war mal ein guter Zuhörer.

»Ronno war früher anders. Das weißt du ganz genau.«

»Und was ist mit dir, Uwe? Glaubst du, du bist der Einzige, der sich nicht verändert hat? Nur weil du noch immer Altglas gegen Frühstück eintauschst?«

Uwe lächelt.

»Wenigstens habe ich nicht so eine Hundertachtzig-Grad-Drehung hinter mir.«

»So wie ich, meinst du?«

»Ja, so wie du! Ich weiß noch ganz genau, wie du damals zu uns kamst, mit deinen lächerlichen Aquarellen, die du aus einem Bildband abgemalt hattest.«

»Vergiss bitte nicht, dass du mir sogar eins abgekauft hast«, sagt sie mit etwas zu lauter Stimme. Dabei fuchtelt sie mit ihrem Zeigefinger vor seiner Nase herum. Plötzlich müssen beide grinsen. Für einen Augenblick ist jeder Ernst aus ihrer Diskussion gewichen.

»Und heute?«, beendet Uwe die kleine Gefechtspause. »Heute stehst du in irgendeiner Galerie in Polen und verhökerst die Bilder anderer Leute. Gute Bilder sind jetzt verkaufte Bilder, nicht wahr? Komm schon, Isabel, du willst mir doch nicht weismachen, dass du nicht bei der Hälfte der Verkäufe denkst, dass sie die Mühe nicht wert sind.«

Isabel dreht den Kopf zur Seite, wie ein Boxer nach einem leichten Treffer. Es sind weit mehr als die Hälfte der Bilder, aber was spielt das für eine Rolle? Sie holt ihr Mobiltelefon hervor und steckt es sofort wieder in die Tasche. Was machen die Menschen hier nur ohne Empfang?

»Na und? Soll ich deswegen wieder anfangen, Obstschalen zu zeichnen oder Blumenvasen zu aquarellieren? Um sie anschließend in einem Kurpark zu verscherbeln?«

Um Gelassenheit bemüht, streicht sie sich eine Haarsträhne aus dem Gesicht und lächelt. Es gibt keinen Grund, diesen sinnlosen, ungleichen Streit weiter eskalieren zu lassen. Isabel ist überzeugt davon, dass Uwe seine kleine Brandrede zuvor geprobt hat. Sie kann es förmlich sehen, wie er vereinsamt und frustriert in seiner heruntergekommenen Bruchbude sitzt und die Verbitterung über sein verkorkstes Dasein zu lindern versucht, indem er das Leben anderer in den Dreck zieht.

»Außerdem sagt das genau der Richtige. Wer hat denn immer über den Schrott gemosert, den er verkaufen muss? Wer hat denn Kunden ausgelacht, die einen Bestseller bestellt haben, und damit sein gutmütigstes Klientel vergrault? Du hättest tonnenweise Bücher verkaufen können, wenn du dich nicht so dämlich angestellt hättest.«

»Bestseller, pffh!«

Uwe schüttelt den Kopf, als sei dies etwas ganz und gar Lächerliches.

»Siehst du, genau das ist das Problem mit Leuten wie dir. Ihr haltet jemanden für einen Idioten, nur weil er das macht, woran er glaubt, und nicht das, was den größten Erfolg verspricht.«

Isabel stößt erneut einen Seufzer aus, den sie lange unterdrückt hat. Wie oft hat sie diesen Satz schon gehört? Von jungen, ehrgeizigen Kunststudenten, die kritikresistent in einen theoretischen Diskurs flüchten, nur weil sie nicht genug Mumm besitzen, ihre Sachen einfach wieder einzupacken und etwas anderes zu versuchen. Stattdessen nichts als Ausflüchte, hehre Worte, geschliffen von unzähligen Absagen und vernichtenden Kritiken, von der langsam durchsickernden Erkenntnis, kein Talent oder keinen Geschäftssinn zu besitzen. Solchen Unsinn jetzt von Uwe zu hören, einem erwachsenen Mann, der seine Chance gehabt hat, das ist geradezu tragisch.

»Sorry, Uwe«, beginnt sie mit versteinerter Miene, »aber so kann man wirklich nur daherreden, wenn man vollkommen erfolglos ist. Glaubst du allen Ernstes, du könntest aus deinem muffigen Loch gekrochen kommen, um mir zu sagen, dass mein ganzes Leben ein einziger Haufen Mist ist? Dass ich es bloß noch nicht gemerkt habe? Dass ich besser auf alles, was ich erreicht habe, verzichtet hätte, nur um, ja um was eigentlich?«

Uwe blickt sie erstaunt an.

»Alles, was du erreicht hast? Was meinst du damit? Die hundertfünfzig Quadratmeter in der Altstadt? Den schicken kleinen Sportwagen? Oder die Homestory in der ART?«

»Hah! Ist das etwa dein größtes Problem? Dass andere Erfolg haben? Was hast *du* denn erreicht? Fragst du dich nie, warum *dich* niemand um *dein* Leben beneidet? Um deine stinkende Buchhandlung, um deine langweiligen Geschichten von früher.«

»Ich beneide dich doch gar nicht.«

»Nein? Bist du dir da sicher?«

»Ja. Aber weißt du, woran man todsicher erkennt, dass man ein Lemming geworden ist?« Wieder macht er dabei kleine Anführungszeichen in die Luft.

»Mach's bitte kurz, ja?«

»Daran, dass man ständig glaubt, von allen beneidet zu werden.«

Isabel lacht künstlich auf.

»Schluss damit! Das ist alles so lächerlich.«

Uwe blickt hinüber zum Wirt.

»Viktor fand das keineswegs lächerlich«, sagt er. »Wir haben noch kurz vor seinem Tod darüber gesprochen.«

»Worüber? Dass ihr nichts aus eurem Leben gemacht habt?«

»Nein. Über dich.«

Isabel scheint ihn gar nicht gehört zu haben.

»Hör auf, Uwe! Es reicht!« Ihre Stimme überschlägt sich beinahe. »Willst du uns jetzt auch noch erzählen, dass er sich deshalb erschossen hat?«

Bei »deshalb« hat sie ebenfalls Gänsefüßchen in die Luft geschrieben und dazu ein Gesicht gemacht wie jemand, der den Verstand verloren hat. »Willst du uns das allen Ernstes erzählen, Uwe? Schade nur, dass Ronno das nicht hören kann.«

»Ach nee, da seid ihr euch plötzlich wieder einig, wie? Wenn er auch sonst ein Arschloch geworden ist.«

»Vergiss es, Uwe!«

Isabel sieht auf ihre Uhr, um sich zu sammeln. Sie muss endlich einen Ausweg aus dieser Sackgasse finden. Sie denkt an Christa, an Viktor und daran, dass sie die beiden immer für die am weitesten voneinander entfernten Punkte ihres Koordinatensystems gehalten hat. Konnte sie sich so geirrt haben? Ihre Gedanken kreisen immer wieder um dieselbe Frage: Ist Marco wirklich Viktors Sohn? Isabel trinkt den Rest ihres Biers mit einem Zug aus. Sie wird es herausfinden, und zwar noch heute Abend. Eine weitere Gelegenheit dazu wird es nicht geben. Nie mehr!

»Lass uns lieber noch was trinken«, sagt sie in jenem beherzten Ton, mit dem man eine Kneipenschlägerei schlichtet. »Willst du auch noch einen Schnaps?«

Uwe nickt überrascht. Krämer hat bereits die Flasche aus dem Schränkchen genommen und gießt ein. Langsam neigt sich der Korn dem Ende entgegen. Alle drei prosten sich zu, führen ihre Gläser an die Lippen, legen die Köpfe in den Nacken.

»Was ist eigentlich mit Ihnen?«, fragt Isabel, nachdem sie ihr Glas hustend zurück auf den Tresen gestellt hat. »Glauben Sie auch, früher war alles besser?«

Der Wirt blickt verwundert auf das Schnapsglas in seiner Hand. Es war nicht zu übersehen, dass er ihre Diskussion mit Interesse verfolgt hat. Im Lauf des Gesprächs hat er sich plötzlich gefragt, was aus seinen Freunden geworden ist, wann und warum sie sich aus den Augen verloren haben. Einen Moment lang verspürt er große Lust, den beiden Streithähnen von seiner Zeit auf der Hotelfachschule zu erzählen, als er und seine Freunde nachts, lange nach Sperrstunde, mit offenem Hemdkragen durch die Straßen stolziert sind.

Dann aber entscheidet er sich, so zu antworten, wie Menschen seines Alters immer antworten, wenn junge Leute etwas Persönliches wissen wollen.

»Ich bin direkt nach dem Krieg aufgewachsen. Unsere Generation hat immer nur nach vorn geschaut. Solche Fragen haben wir uns nicht gestellt.«

»Und heute?«

Krämer räuspert sich.

»Auch heute nicht.«

Im selben Moment hören sie ein Auto auf den Hof fahren. Ronno, Paul und Christa sind vom Friedhof zurück.

9
Versteht ihr plötzlich keinen Spaß mehr?

Die Tür schwingt auf. Ronno kommt als Erster in die Kneipe. Die Jukebox spielt *Without you* von Nilsson.

»Na, ihr zwei, stören wir?«

»Ganz im Gegenteil.« Isabel lächelt. »Habt ihr etwas herausgefunden?«

»Das kann man wohl sagen.«

Ronno wirft sein Jackett über den Garderobenhaken, klopft sich etwas Schmutz von einem der Hosenbeine und überprüft im Licht des Tresens seine Schuhsohlen auf Friedhofserde. Dann erstattet er den anderen Bericht.

»Er muss tatsächlich einen Sohn gehabt haben. Auf einem der Kränze stand es groß und deutlich: *Von Deinem Sohn.*«

»Und kein Name?« Isabel sieht zu Christa, die gerade auf ihren Hocker klettert. Seit sie zur Tür hereingekommen ist, hat Isabel sie nicht mehr aus den Augen gelassen.

»Nein, nichts«, antwortet Paul, aber Isabel beachtet ihn gar nicht.

Christa fragt den Wirt nach einer Zigarette.

»Du rauchst wieder, Christa?«

Uwe gibt ihr Feuer. Christa lässt sich Zeit. »Ab und zu«, sagt sie durch den Qualm des ersten Zuges. »Gerade im Auto habe ich plötzlich Lust darauf bekommen.« Sie zuckt mit den Achseln, als passiere ihr das häufiger. Dann langt sie noch einmal über die Theke, um den Aschenbecher näher zu sich heranzuziehen. »Warum auch nicht«, nuschelt sie, die Lippen um den Filter geschlungen.

Ronno wundert sich über die drei leeren Schnapsgläser auf dem Tresen, die wie ein funkelndes Sternbild angeordnet sind, dessen Bedeutung sich ihm nicht gleich erschließt. Er wirft dem Wirt einen anerkennenden Blick zu.

»Übrigens, gut beobachtet«, sagt er. »Ohne Sie würden wir weiter im Dunkeln tappen.«

»Genau genommen tun wir das ja immer noch«, ergänzt Paul, mit Blick auf seine staubigen Schuhspitzen.

»Auf jeden Fall haben Sie sich einen Schnaps verdient.« Mit dem Finger deutet Ronno auf die Flasche vor ihm. Krämer hebt abwehrend die Hand.

»Ach, das war doch nur …«

»Machen Sie schon! Und gleich noch mal eine Runde für alle!«

»Immerhin wissen wir jetzt, dass Viktor einen Sohn hatte«, fasst Uwe zusammen. »Wie alt wird der sein?«

»Vielleicht so alt wie Marco«, sagt Isabel nach einer kurzen Pause. Christa verschluckt sich am Rauch ihrer Zigarette.

»Wie kommst du darauf?«, fragt Paul zurück. In seinem Gesicht ist ein Ausdruck ehrlicher Verblüffung.

Isabel zögert. Weiß er es eigentlich? Paul, der stets auf alles eine Antwort hat?

»Keine Ahnung, war nur so eine Idee.«

»Wie alt ist der jetzt eigentlich?«, will Ronno wissen. »Elf?«

»Marco wird im Sommer dreizehn«, antwortet Paul empört. Als Marcos Patenonkel sollte Ronno das eigentlich wissen.

»Dreizehn schon?«

»Vor dreizehn Jahren«, spinnt Uwe den dünnen Faden weiter. Seine Augen haben zu leuchten begonnen. Jene Zeit zählte fraglos zu den intensivsten Jahren ihrer Freundschaft. Beinahe täglich trafen sich alle bei Uwe und Ronno. Viktor verbrachte dort mehr Zeit als in seiner eigenen Wohnung. Nur Paul stand damals bereits kurz vor dem Examen. Alle anderen waren noch kilometerweit davon entfernt und schipperten ziellos durch ihre Semester. Pläne wurden geschmiedet, Vorlesungen versäumt, Hausarbeiten vernachlässigt. Es wurde lang und ausgiebig gefrühstückt, gefeiert und verreist – Asien, Südamerika, die neuen Bundesländer. Was Spaß versprach, wurde ausprobiert. Ronno behauptet bis heute, er und Viktor seien eines Abends von der Türsteherin einer Nobeldisco zu einem Dreier in ihrem Jeep überredet worden. Was so nicht ganz der Wahrheit entsprach. Aber auch nicht völlig frei erfunden war. Die Karten schienen in dieser Zeit neu gemischt zu werden. Sogar bei Christa und Paul kriselte es zum ersten und einzigen Mal, nachdem sie vier Jahre lang beinahe alles gemeinsam gemacht hatten.

»Vielleicht ist er ja von der Türsteherin, Ronno«, sagt Uwe mit einem Grinsen, breit wie ein Bürgersteig. »Dann wäre er zur Hälfte auch von dir.«

»Sehr witzig, Uwe!«

»Wie kommt ihr überhaupt darauf? Warum gerade auf diese Zeit?«

Paul hat mit seiner Frage gewartet, bis sich die allgemeine Heiterkeit gelegt hat. »Ich meine, das ist doch schon so lange her. Das hätten wir doch mitbekommen, in all den Jahren. Ist es nicht viel wahrscheinlicher, dass es erst vor Kurzem passiert ist?«

Er weiß es nicht, durchfährt es Isabel. Paul hat nicht die leiseste Ahnung. Oder er ist ein verdammt guter Schauspieler. Männern fällt es nicht besonders schwer, den ahnungslosen Trottel zu spielen. Aber gilt das auch für so einen hoffnungslosen Besserwisser wie Paul? So ratlos hat ihn Isabel noch nie gesehen. Beinahe muss sie grinsen.

»Was meinst du denn mit vor Kurzem?«

Paul zuckt mit den Schultern.

»Vielleicht vor ein paar Tagen«, sagt er und klingt dabei geradezu unglücklich. Spekulationen und vage Vermutungen, das ist einfach nichts für ihn. »Vielleicht ist das Kind ja noch nicht einmal geboren.«

»Hm.« Uwe grübelt in sein Bierglas. »Ich hab ihn seit zwei Jahren mit keiner Frau mehr gesehen.«

»Aber das muss doch nichts heißen«, beharrt Paul auf seiner Idee. »Ich meine, ihr wisst doch genau, wie er war. Er hatte doch immer irgendwelche Frauengeschichten.«

Uwe blickt ihn prüfend an. Paul ist so ziemlich der Letzte, von dem er eine so dünne Beweisführung erwartet hätte.

»Könnte doch sein, dass es ein Unfall war. Dass er erst vor ein paar Tagen erfahren hat, dass er Vater ist.«

»Klar«, sagt Uwe. »Könnte sein.« Es klingt alles andere als überzeugt.

»Jeder weiß doch, wie wenig Viktor für Kinder übrighatte«, fährt Paul unermüdlich fort. »Wahrscheinlich ist er aus allen Wolken gefallen, als er es erfahren hat. Vielleicht hat er Panik bekommen.«

Auch Ronno, der Paul die ganze Zeit über aufmerksam zugehört hat, hebt jetzt skeptisch die Augenbrauen.

»Spricht da etwa jemand aus Erfahrung?«

Tatsächlich war es für Paul damals ein Schock, Vater zu werden. Ein Unfall, wie er es selbst gerade so treffend genannt hatte. Als jüngster von insgesamt vier Brüdern war er nicht zum Wehrdienst eingezogen worden und hatte das Erste Staatsexamen bereits mit dreiundzwanzig in der Tasche. Er war einer der Besten in seinem Bundesland und arbeitete schon an seiner Doktorarbeit, als Marco geboren wurde. Paul, der

Musterschüler, dessen Weg in die Chefetagen großer Wirtschaftsunternehmen vorgezeichnet schien, traf eine für sein späteres Leben folgenschwere Entscheidung: Er beschloss, die Doktorarbeit und das anstehende Zweite Staatsexamen auf Eis zu legen, um sich um Christa und das neugeborene Kind zu kümmern. Selbstbewusst wie er damals war, glaubte er, Doktorarbeit und Examen zu einem späteren Zeitpunkt nachholen zu können. Vielleicht sogar beim Aufpassen auf das schlafende Baby. Ein fataler Irrtum.

Christa und er heirateten ohne großes Aufgebot an einem wechselhaften Morgen im Mai. Einen Monat später raste Paul mit seiner Frau ins Krankenhaus, nachdem sie ihn mitten in der Nacht geweckt und völlig durcheinander auf das nasse Laken gezeigt hatte. Christa krümmte sich bereits vor Schmerzen, als sie das Krankenhaus erreichten. Während der Presswehen drohte Paul, das Bewusstsein zu verlieren und kopfüber in das Geburtsbecken zu fallen. Er hatte gebannt in das trübe, von blutigen Schlieren durchzogene Badewasser gestarrt und geglaubt, dort einen blau angelaufenen Kinderkopf entdeckt zu haben. Bei Tagesanbruch – Christa frühstückte bereits ein Wurstbrot – hielt er Marco in seinen zitternden Armen, zwei Jahre darauf folgte ihre Tochter Frederike.

Seine Doktorarbeit hat er erst Jahre später wieder aufgenommen. In der Kanzlei, in der er arbeitete und als erster Jurist überhaupt Vaterschaftsurlaub beantragt hatte, galt er fortan als Exot, als zu weich. Niemand nahm ihn mehr ernst, obwohl Paul peinlich genau darauf achtete, keine Breiflecken am Revers oder Teppichflusen im Haar zu haben. Man belächelte ihn, selbst wenn er nachts oder am Wochenende arbeitete oder besser vorbereitet als jeder andere zu der Terminen mit Mandanten erschien.

Mit Christa konnte er nicht darüber reden. Es hätte ohnehin nichts geändert. Paul dachte, er sei immun gegen die Witze seiner Kollegen, gegen den unterschwelligen Argwohn, den man ihm entgegenbrachte, weil er häufig krank und unausgeschlafen in der Kanzlei erschien. Er glaubte, das ginge vorbei, wenn er sich nur verkniff, Kinderfotos herumzuzeigen oder von den Fortschritten des Kleinen zu schwärmen. Er glaubte, er gewöhne sich daran wie an die ständige Müdigkeit oder an die nächtlichen Angstattacken, das Kind könnte plötzlich aufhören zu atmen. Aber Paul gewöhnte sich nicht daran. Im Gegenteil, es wurde immer schlimmer.

Zähneknirschend verbrachte Paul seine Wochenenden in Planschbecken, im Wartezimmer der Pädiatrie oder auf Kindergeburtstagen, führte die immer gleichen Gespräche mit Müttern über Wachstumsschübe und die Wehwehchen ihrer Kinder, während seine Kollegen bis tief in die Nacht eine Firmenfusion verhandelten. Die Frauen auf den Spielplätzen, in den Kindercafés und Krabbelgruppen lobten Paul für seine moderne Einstellung und schimpften über ihre eigenen Männer. Insgeheim bewunderten sie sie jedoch für ihre Zielstrebigkeit und ihr Durchsetzungsvermögen. In der Kanzlei war Paul ein für alle Mal unten urch. Immer seltener wurde er über den Stand von Verhandlungen informiert. Stattdessen wurde er nun von anderen Kollegen beauftragt, Vertragsdetails zu recherchieren.

Nachdem er bei der Berufung zum Partner mehrfach übergangen worden war, hätte Paul die Kanzlei eigentlich verlassen müssen, um seiner Karriere eine zweite Chance zu geben. Aber Paul blieb. Einige Jahre irrlichterte er als »Mädchen für alles« durch die Kanzlei. Mal gab er Christa und den Kindern die Schuld an seiner beruflichen Misere, ein anderes Mal seinen rücksichtslosen Konkurrenten im Büro, meist jedoch sich selbst. Er versuchte, durch übermäßiges Engagement auf sich aufmerksam zu machen, arbeitete wieder und wieder an den Wochenenden oder nachts, wenn die Kinder im Bett waren. Später ging er dann auf Konfrontationskurs, indem er sich weigerte, schlechter qualifizierten Kollegen zuzuarbeiten, oder indem er auf einer Weihnachtsfeier lauthals verkündete, seine Arbeit sei ihm nicht mehr so wichtig, und er denke ernsthaft darüber nach, etwas völlig anderes zu machen. Von Erfolg war weder das eine noch das andere gekrönt. Paul musste sich eingestehen, dass seine Karriere in eine Sackgasse geraten war. Er konnte machen, was er wollte. Für seine Kollegen blieb er für alle Zeiten der »Dr. Vater«.

»Alles eine Frage des Timings«, stellte Ronno eines Abends fest, nachdem sich Paul seinen Frust von der Seele geredet hatte. Ronno sollte recht behalten. Denn die gleichen Kollegen, die Paul damals belächelt hatten, wenn er mit einem knallgelben Fahrradhelm unter dem Arm die Kanzlei betrat, die gleichen Kollegen, die ihre Frauen nur dank des Silberrahmens auf ihrem Schreibtisch sahen und diese beim Mittagessen gern mal als »Fass ohne Boden« bezeichneten, verdienten inzwischen das Dreifache von Paul und waren nun – Marco ging längst zur Schule – auf die glorreiche Idee gekommen, selbst eine Familie zu gründen. Woche für Woche übertrafen sie sich mit detaillierten Berichten über die ersten Schritte oder die ersten Worte ihres Nachwuchses und bemitleideten Paul dafür, dass er dabei nicht mitreden konnte.

Ronno hatte also nicht ganz unrecht, wenn er auf Pauls Erfahrungen als Vater anspielte. Auch wenn er das niemals zugeben würde, unterm Strich hat Paul teuer dafür bezahlt. Und das tut er bis heute. Berufliche Ambitionen hat er keine mehr. Stoisch verrichtet er tagsüber seine Arbeit in der Kanzlei. Er ist noch immer ein ausgezeichneter Jurist, und auch wenn ihn seine Aufgaben zunehmend unterfordern, er verdient noch immer sehr gut. Es wäre töricht, einfach zu kündigen, um woanders wieder von vorn anzufangen. Obwohl sich auf seinem Computer in der Kanzlei einige mehr oder weniger gehässige Kündigungsschreiben befinden. Letztlich macht ihm auch hier die Familie einen Strich durch die Rechnung. Denn Christa und auch die Kinder haben sich mittlerweile an einen Lebensstil gewöhnt, der sich nicht ohne ein stattliches Gehalt und gelegentliche Bonuszahlungen finanzieren lässt. Erst im letzten Jahr gab es einen schrecklichen Krach deswegen. Christa wollte in einem exklusiven Möbelhaus eine dunkelbraune französische Liege für viertausend Euro kaufen. Völlig unvermittelt machte ihr der sonst so besonnene Paul eine denkwürdige Szene und beschimpfte sie vor allen Leuten als verwöhnte Göre. Obwohl er sich noch am selben Abend bei ihr entschuldigte, hatte es mehrere Tage gedauert, bis Christa wieder mit ihm sprach. Als Wiedergutmachung kaufte Paul die Liege, auf der bis heute niemand gesessen, geschweige denn gelegen hat und die von Besuchern immer nur die Psychiater-Liege genannt wird.

»Es wäre immerhin möglich«, sagt Paul, ungerührt von Ronnos dämlichem Grinsen.

»Aber deshalb bringt man sich doch nicht gleich um«, mischt sich Christa in die Diskussion ein. »Zugegeben, Viktor hatte nicht gerade ein Herz für Kinder.« Plötzlich stockt sie.

Isabel lächelt wie ein Folterknecht beim Justieren der Daumenschrauben. Endlich kommt Bewegung in die Sache. Für sie besteht kein Zweifel mehr: Christa verheimlicht etwas. Aber wie hat sie das all die Jahre für sich behalten? Hatte sie es nicht wenigstens Paul gestanden? In einem schwachen Moment? Und was war mit Marcos leiblichem Vater? Hatte er davon gewusst?

»Nun, dass Viktor erst vor ein paar Tagen davon erfahren hat, bedeutet nicht zwangsläufig, dass es auch erst vor ein paar Tagen passiert sein muss«, bemerkt Isabel, an Paul gerichtet. Ihr nüchterner, analytischer Unterton klang etwas überspitzt, so als parodiere sie ihn. »Am Grab stand schließlich weder eine Frau in Umstandskleidern noch jemand mit einem kleinen Kind auf dem Arm. Oder sehe ich das falsch?«

»Am Grab war aber auch kein dreizehnjähriger Junge«, entgegnet Uwe. Er überlegt einen Augenblick und fügt hinzu: »Außer Marco, natürlich.«

Isabel blickt erwartungsvoll in die Runde. Niemand scheint zu begreifen, was offensichtlich ist. In ihren Gesichtern ist kein Argwohn, nicht der geringste Verdacht. Auf diesem Auge müssen alle blind sein.

Krämer hat wiederholt damit begonnen, Ordnung hinter seinem Tresen zu schaffen. Mit einem feuchten Lappen wischt er die Spüle und tut dabei so, als bemerke er zum ersten Mal den Kratzer auf der Arbeitsplatte, der noch von seiner alten Registrierkasse stammt, die er bereits vor fünfzehn Jahren gegen eine elektronische ausgetauscht hat. Isabel ist seine plötzliche Beflissenheit nicht entgangen. Womöglich ahnt er etwas. Als er Isabels verschwörerischen Blick bemerkt, während er sie bittet, ihr Glas kurz anzuheben, damit er darunter wischen kann, bekommt er rote Flecken auf der Stirn und verschüttet um ein Haar den letzten Rest des Korns.

»Ich geh mal eine neue Flasche holen.« Er verabschiedet sich hastig und verschwindet im Flur, ohne noch einmal aufzublicken. Isabel sieht wieder in die Runde und stellt erschrocken fest, dass Christa sie unvermittelt anstarrt.

»Den Kranz wird wohl die Mutter gekauft haben«, beeilt sich Isabel zu sagen, ohne den Blick von ihrer Freundin abzuwenden.

»Stimmt«, pflichtet ihr Uwe bei. »Die Frage muss also lauten: Wer ist die Mutter?«

Außer Viktors Mutter und den Schwestern seines Vaters waren noch etwa zwanzig weitere Frauen auf der Trauerfeier. Sie stammten allesamt aus dem Ort, hatten hier geheiratet, gebaut und Kinder bekommen, lange bevor Viktor in die Pubertät kam. Weder die lieben, bienenfleißigen Mitglieder der hiesigen Kirchengemeinde noch die Frauen aus der Nachbarschaft kamen ernsthaft infrage. Nicht einmal Margot, die dralle Haushälterin des Pastors, unter deren unifarbenen Kitteln früher manchmal Spitzenunterwäsche hervorlugte.

»Die Mutter wird kaum so bescheuert sein und zur Beerdigung erscheinen«, wischt Ronno die Sache schnell wieder vom Tisch. »Dann hätte sie sich auch gleich ein Schild um den Hals hängen können.«

Isabel lächelt schal.

»Aber genau das hat sie doch gemacht, oder nicht?«

Einige Sekunden herrscht ratlose Stille. Krämer kommt mit einem zusätzlichen Aschenbecher und einer neuen Flasche Korn unter dem Arm zurück und nimmt seinen Platz hinter dem Tresen ein, wie ein Kapitän, der die Brücke seines Schiffs betritt.

»So kommen wir nicht weiter«, sagt Ronno. »Besser wir trinken noch einen.«

»Meinetwegen.« Uwe leckt sich die Lippen. Als Krämer die Flasche aufgeschraubt und jedem, auch sich selbst, eingeschenkt hat, fühlt Uwe eine angenehme Wärme in sich aufsteigen. »Betriebstemperatur«, so haben sie das früher genannt. Christa und Isabel haben als Erste ihr Glas erhoben und prosten sich zu.

Paul starrt auf das leere Pinnecken in seiner Hand, als müsse er den Jahrgang des Korns bestimmen. In seinem Magen rumort es bereits wie in einem Taubenschlag. Er hätte am Nachmittag nicht so viel von diesem Kuchen essen sollen.

»Vielleicht sollten wir die Polizei einschalten«, hört er Uwe sagen. Paul blickt abrupt auf. Auch die anderen scheinen wenig begeistert von Uwes Vorschlag zu sein.

»Was soll das bringen?«, will Ronno wissen.

»Eine Antwort«, verteidigt sich Uwe. »Auf die Frage, ob Viktor einen Sohn hatte. Wer die Mutter ist. So etwas muss doch rauszukriegen sein.«

Abermals werfen sich die beiden Frauen einen Blick zu. Christa kaut auf ihrer Unterlippe herum, als handele es sich dabei um ein Stück Suppenfleisch.

»Da wird sich die Polizei aber freuen, dass sie ein bisschen Detektiv für uns spielen darf.«

Ronno lacht, aber sein wacher Blick verrät die Anspannung. Er ist in Alarmbereitschaft.

»Wieso nicht«, sagt Uwe. »Immerhin geht es auch um eine Menge Geld.«

»Jetzt mach aber mal halblang, Uwe.« Ronnos Ton ist plötzlich scharf und zurechtweisend. »Hast du nicht gehört, was Paul vorhin gesagt hat? Das Geld gehört dir.«

Dabei blickt er hinüber zu Paul, der ihn argwöhnisch mustert. Kann sein, dass er das gesagt hat. Kann sein, dass die Polizei keinen Grund sieht, in der Sache tätig zu werden. Aber das ist nicht der Punkt. Gerade will Paul etwas sagen, als er spürt, dass ihm schlecht wird. Statt seiner eigenen Stimme hört er jetzt die seiner Frau.

»Außerdem wissen wir dann immer noch nicht, warum er sich umgebracht hat.«

Uwe blickt fragend zwischen Christa und Ronno hin und her. »Ihr wollt gar nichts unternehmen, stimmt's?

Ihr wollt morgen wieder nach Hause fahren und die Sache auf sich beruhen lassen.«

Das dürfte kaum möglich sein. Unwillkürlich blicken alle zum Wirt, als warteten sie auf eine weitere Runde Korn.

»Wenn dieser Sohn wirklich existiert«, fährt Uwe fort, »dann braucht er vielleicht unsere Hilfe. Immerhin hat er gerade seinen Vater verloren.«

Ronno lacht erneut auf.

»Oh! Ich wette, Viktor hat sich rührend um ihn gekümmert.«

»Wieso nicht?«

»Er wäre bestimmt ein ganz wunderbarer Vater geworden«, sagt Isabel. Es war ironisch gemeint, klang aber eher nach Christa.

Ronno kratzt sich am Hinterkopf. »Bin ich eigentlich der Einzige, der sich an ihn erinnert? Und daran, was für einen großen Bogen er immer um Kinder gemacht hat? Das müsstest du doch am besten wissen, Isa.«

Isabel lächelt. Und wie sie das wusste. Mit Marcos Geburt bekam ihre Freundschaft erstmals Risse und spaltete sich in zwei Lager. Auf der einen Seite waren Ronno und Uwe. Sie schienen sich maßlos über den Nachwuchs zu freuen und zeigten ein unerschütterliches Verständnis für die veränderte Situation. Statt über der Werkstatt trafen sie sich plötzlich immer häufiger bei Christa und Paul in der Wohnung. Zum Essen wurde nur noch geflüstert, und Überraschungsgäste waren ebenso tabu wie der Lautstärkeregler der Stereoanlage. Viktor und Isabel wurde das schnell zu langweilig. Im Gegensatz zu Ronno und Uwe hatten sie nicht die geringste Lust, ständig Rücksicht zu nehmen. Sie begannen Witze zu reißen, zuerst über die jungen Eltern und ihre Manie, bei jedem Laut ihres Kindes eine freundliche Grimasse zu ziehen, dann über

Ronno und Uwe, deren tolerantes Gehabe auf sie bloß geheuchelt wirkte.

»Fehlt nur noch, dass sie bei sich eine Kinderecke einrichten«, sagte Isabel eines Abends, als sie und Viktor bereits nach dem Dessert aufgebrochen waren, um in irgendeiner lauten, überfüllten Bar Mojitos zu trinken. Ihr Verhältnis zu Christa und Paul hatte sich binnen eines Jahres merklich abgekühlt, und es dauerte eine ganze Weile, bis es sich wieder normalisierte.

Wenn sie jetzt daran zurückdenkt, erscheint es Isabel unmöglich, dass Viktor damals bereits von Marco gewusst hat. All die Abende, an denen sie sich gebogen haben vor Lachen. All die Witze über Christas riesigen Busen, über Pauls kindische Strenge, wenn mal wieder jemand zu stürmisch geklingelt hatte. Viktor hätte das niemals getan, wenn er von seiner Vaterschaft gewusst hätte. Oder etwa doch? Isabel erinnert sich noch gut an Christas enttäuschtes Gesicht, jedes Mal wenn sie und Viktor sich vorzeitig verabschiedeten und kichernd zur Tür hinauspolterten. Wenn sie es nicht erwarten konnten, endlich im Auto zu sitzen, um Christa und ihren gefühlsduseligen Mann nachzuäffen. Christas Tränen vorhin auf der Toilette kamen ihr kindisch und sentimental vor. Hat sie da etwas übersehen? Etwas nicht mitgekriegt? All die Jahre? All die heimlichen Blicke, die versteckten Botschaften, die es unzweifelhaft gegeben haben muss? Das stille Einvernehmen, das ein solches Geheimnis überhaupt erst ermöglicht. Wie konnte sie das all die Jahre nicht sehen? Isabel ist noch nie eifersüchtig auf Christa gewesen. Dennoch erkennt sie das Gefühl sofort, noch ehe es sich ganz um ihr Herz schließt.

Der Wirt hat auf Uwes Handzeichen hin noch einmal Korn nachgeschenkt. Isabel schüttet das Zeug in Rekordtempo hinunter.

»Wahrscheinlich haben wir uns in ihm getäuscht«, sagt Christa plötzlich, nachdem alle eine Zeit lang vor sich hin gegrübelt haben.

Sie nimmt sich eine weitere Zigarette aus Ronnos Schachtel und steckt sie sich an. Christa ahnt längst, was die Stunde geschlagen hat. Wahrscheinlich hat auch Ronno schon darüber nachgedacht. Hat sich Marcos Gesicht in Erinnerung gerufen, aber weder Ähnlichkeiten zu Paul noch zu Viktor ausmachen können. Auf sein Patenkind hat Ronno ja noch nie sonderlich geachtet. Für ihn ist Marco bloß ein Teenager. In diesem Alter sehen doch alle Jungs gleich aus. Ronno würde noch eine Weile brauchen, um die Puzzleteile richtig zusammenzusetzen. Dann aber würde es nur noch eine Frage der Zeit sein, bis die Bombe platzt. Ronno hat schließlich noch nie etwas für sich behalten können.

Christa dreht sich zu ihrem Mann. Der Qualm ihrer Zigarette steigt unablässig in seine Richtung. Paul trinkt seinen Schnaps widerwillig und in kleinen Schlucken. Als er sein Glas schließlich auf dem Tresen abstellen will, verfehlt er um ein Haar das Schankbrett. Ein trauriger Anblick. Der Arme würde eine harte Nacht vor sich haben. So oder so. Selbst wenn die Sache mit Marco nicht herauskommt, sie würde es Paul erzählen müssen. Christa nimmt einen tiefen Zug von ihrer Zigarette, schlägt die Beine übereinander und drückt den Rücken kerzengerade durch. Sie wird ihm alles erzählen müssen, bevor es jemand anderes tut.

»Lassen Sie die Flasche einfach hier«, sagt sie zum Wirt und hält ihm ihr Glas hin.

»Am besten gleich noch mal für alle«, ergänzt Ronno. Dabei zeichnet er einen unförmigen Kreis in die vom Rauch eingefärbte Luft, ein Oval eher, das aber alle miteinschließt.

»Für mich nicht«, protestiert Paul und hält die Hand schützend über sein Glas. »Ich brauche eine Pause, sonst bin ich gleich besoffen«, fügt er mit einem schiefen Lächeln hinzu.

»Das ist ein Grund mehr, noch einen zu trinken«, flachst Ronno und deutet auf sein Glas. Krämer schenkt der Reihe nach ein. Beim Befüllen der Gläser fühlt er sich beobachtet. Er lässt Paul zunächst aus, als dieser an der Reihe ist. Stattdessen schenkt er Christa und sich selbst großzügig nach.

»Komm schon, Paul«, sagt Ronno und fordert ihn auf, die Hand wegzunehmen. »Du kannst doch jetzt nicht schlappmachen.«

»Einer sollte schließlich einen klaren Kopf behalten.«

Ronno winkt verärgert ab. »Ach, Quatsch«, entfährt es ihm, während sein Arm wie eine Guillotine auf den Tresen hinuntersaust. »Heute wird richtig gesoffen.«

Unschlüssig, mit der offenen Flasche in der Hand, steht der Wirt hinter seinem Tresen.

»Einen klaren Kopf«, wiederholt Ronno und grinst. »So ein Unsinn.«

Die anderen halten ihre Gläser bereits in der Hand. Isabel und Uwe blicken zu Boden, als warteten sie auf das Ende einer ausufernden Tischrede. Christa bläst unablässig Rauch in Pauls Richtung. Die ungeschickte Art, wie sie die Zigarette hält, erinnert Paul an einen Urlaub vor ein paar Jahren. Andalusien. Eines Abends, die Kinder waren längst im Bett, saß er mit Christa an der Hotelbar. Der Pianist spielte seine letzte Nummer, *Moon River*, als Paul seiner Frau plötzlich vorschlug, eine Zigarette zu rauchen. Nach all den Jahren mit den Kindern. Paul hatte sich nie viel aus Zigaretten gemacht. Er wollte einfach nur mal wieder etwas Verrücktes machen.

»Na los, machen Sie schon!« Schließlich hat Paul die Hand von seinem Glas genommen. Er zuckt unmerklich mit den Achseln. Seine Stimme klingt kalt und gepresst. »Worauf warten Sie noch?«

Paul kippt den Korn hinunter, ohne mit jemandem anzustoßen. Der Schluck Flüssigkeit schmeckt nach gar nichts, nur sein Rachen fühlt sich wund und geschwollen an. Paul muss sich zusammenreißen, um nicht zu würgen. Er wagt es nicht, den Blick zu heben, aus Angst, der Boden unter seinen Füßen könnte sich bewegen und die Hocker um ihn herum zum Schwanken bringen. Längst ist klar, er wird ihnen den Gefallen tun und seinem Ruf als »Kostverächter« heute Abend, nach all den Jahren der Abstinenz und Besonnenheit, eine weitere Episode hinzufügen.

Diesen »Ruf«, wenn man es so nennen will, verdankt Paul einem jener Abende bei Ronno und Uwe. Ronnos Großvater war einige Tage zuvor an seinem jahrelangen Alkoholkonsum und an den Folgen einer Prostataoperation gestorben und hatte seinem Enkel, neben etwas Geld, einem Borgward Isabella von 1959 und einer geladenen Repetierbüchse, eine beachtliche Hausbar vermacht. Sie staunten nicht schlecht, als Ronno den Kofferraum des Oldtimers öffnete und ihnen mehrere Kartons mit Dekorflaschen präsentierte. Sie saßen bis spät in die Nacht zusammen und degustierten Jahrzehnte alten Sherry, Absinth sowie eine durchsichtige, kristalline Flüssigkeit, die nach Malven roch. Zufällig beobachtete Viktor, wie Paul seinen Schnaps mit einer unmerklichen Handbewegung verschüttete, bevor er ihn zum Mund führte. Zuerst dachte er, er sei bloß betrunken. Dann jedoch bemerkte er es wieder. Paul schüttelte kurz sein Glas und ließ so einen Großteil der Flüssigkeit zwischen seinen Fingern hindurch unter dem Tisch verschwinden. Viktor hätte es egal sein können, aber er konnte nicht aufhören, darauf zu achten, selbst als Isabel anfing, mit der zweiläufigen Jagdflinte herumzufuchteln.

Paul wollte kein Spielverderber sein, doch sein Magen war derart empfindlich, dass er sich schon bei geringen Mengen Alkohol umzustülpen begann. Er probierte allerlei prophylaktische Hausmittel aus, ölige Fischgerichte, Artischockensalat, er würgte sogar Rollmöpse mit Sahne hinunter. Aber es half nichts, Paul übergab sich jedes Mal, wenn er sich mit den anderen betrank.

»Es stört sie noch nicht einmal«, beschwerte er sich einmal bei Christa, nachdem diese ihn auf dem Heimweg gestützt und ihm anschließend ein Taschentuch gereicht hatte. »Ich könnte ihnen genauso gut auch auf den Tisch kotzen. Sie würden bloß ihr Glas heben und auf mich anstoßen.« Damit hatte er wahrscheinlich recht. Es gehörte eben dazu, so wie Nüsse zu einem Gin Tonic.

Danach versuchte Paul, den Brechreiz hinauszuzögern, indem er hin und wieder eine Runde auf dem Klo aussetzte, die Einnahme von Antibiotika vortäuschte oder eben zu schummeln versuchte. Eine Zeit lang hatte das auch funktioniert. Nachdem Viktor jedoch Ronno davon erzählt hatte, war es vorbei damit und es wurde peinlich genau darauf geachtet, dass Paul keine Runde mehr versäumte und seine »Medizin« auch einnahm, statt sie über den Fußboden zu verteilen. Sie waren Anfang zwanzig und fanden das lustig. Sogar Christa machte mit. Paul jedoch empfand die Sticheleien, vor allem aber die ständige Kontrolle zunehmend als unwürdig und demütigender als die anschließenden Stunden über der Kloschüssel. Er hoffte, durch gute Führung und gefügiges Verhalten seinen Ruf als Weichei wieder loszuwerden. Er fing an, wahllos

Runden zu schmeißen und die anderen zum Trinken zu animieren. Abende, die er hinterher besonders bereuen sollte.

»Selbst die schwersten Vergehen«, sagte er Jahre später einmal, als sie in New York in einer Bar saßen und Ronno ihn erneut provozieren wollte, »werden dir irgendwann aus der Akte gestrichen. Aber deine Freunde, die vergessen nie.«

Damals in New York reagierte Paul sehr souverän und lächelte milde, als habe ihn jemand in die Seite geknufft und ihn an eine Peinlichkeit aus der Pubertät erinnert, die er selbst längst vergessen hatte. Paul erhob sogar sein Glas, um seinen Trick unter großem Gelächter noch einmal vorzuführen. Niemand hätte damals gedacht, dass er sich jemals wieder wie ein Anfänger aus der Reserve würde locken lassen.

»Mensch, Paul«, bricht es jetzt lachend aus Ronno heraus. »Dein Bier ist ja auch schon wieder leer.«

»Ronno!« Christa wird es dann doch zu viel.

»Was ist? Versteht ihr plötzlich keinen Spaß mehr?«

10

So etwas spürt man schließlich

Als Viktor sie zum ersten Mal sah, stand Christa bereits an Pauls Seite. Obwohl sie sich erst einige Tage kannten, wirkten die zwei schon damals, wie in all den Jahren danach, einander zugewandt und vertraut. Wie füreinander gemacht.

Paul hatte zuvor tagelang von Christa geschwärmt, in der ihm eigenen Art – er zählte ihre charakterlichen Vorzüge auf. Die Erwartungen waren entsprechend hoch. Eines Abends, während sie sich Papierhüte aus alten Zeitungen bastelten, um die Decke in Ronnos und Uwes neuer Bude zu streichen, war es aus Paul herausgeplatzt. Geradezu überschwänglich berichtete er von diesem Mädchen, das sich in einem Seminar an der Uni plötzlich neben ihn gesetzt hatte und dessen schwungvolle Handschrift ihm als Erstes aufgefallen war. Sie heiße Christa und gehe nachmittags in denselben Badmintonkurs wie er.

»Hast du nicht etwas vergessen zu erwähnen, Paul?«, fragte Ronno, der die beiden bereits zwei Tage zuvor am Kaffeeautomaten in der Bibliothek getroffen hatte. Natürlich hatte er den Braten sofort gerochen und blinzelte Paul jetzt verschwörerisch zu. »Dass sie nämlich beachtliche Titten hat.«

»Hat sie?«, wollte Ronnos damalige Freundin wissen. Eine hübsche, etwas unnahbare Kommilitonin namens Isabel.

»Ja, hat sie«, antwortete Paul und errötete leicht.

Wenige Tage später brachte er Christa mit zur Einweihungsparty über der Kfz-Werkstatt. Paul strahlte über das ganze Gesicht, während er seine Freunde der Reihe nach vorstellte und nebenbei bemerkte, wie sehr sie sich bemühten, Christa nicht auf die Brüste zu schauen.

»Das ist Viktor«, sagte er und legte ihm unbeholfen einen Arm auf die Schulter. »Von ihm hab ich dir schon erzählt.«

Es war ein lauer Frühlingsabend. Das zweite Semester hatte gerade erst begonnen. Christas heitere, unverkrampfte Art war Viktor und den anderen auf Anhieb sympathisch. Wie sie sich selbst in die Pfanne haute oder Pauls gedehnte Formulierungen mit einem Witz kommentierte. Wer sich länger mit ihr unterhielt, ihr zusah, wie sie jede Silbe mit ihrem strahlenden Gesicht zu formen schien, schloss sie schnell ins Herz. Als ihn Uwe am nächsten Tag fragte, was er von Christa halte, antwortete Viktor, dass sie gar nicht zu Paul passte.

Dennoch – oder gerade deswegen – fanden Christa alle nett. Sogar Isabel mochte sie. Zwischen den beiden entwickelte sich rasch eine enge Freundschaft, sodass Isabel, obwohl sie sich bereits kurze Zeit später von Ronno trennte, weiter dazugehörte.

Noch auf der Einweihungsparty wurden Christa und Paul ein Paar. Viktor hatte sie als Pauls Freundin kennengelernt, und das blieb sie all die Jahre. Nie gab es heimliche Gefühle oder versteckte Annäherungsversuche. Ab und an holte sich Viktor einen runter, wenn er betrunken genug war und sich ausmalte, wie Christa ihren olivfarbenen Bikini überstreifte. Während ihres ersten gemeinsamen Portugalurlaubs hatten alle zusammengelegt und ihn einer braun gebrannten Christa zum einundzwanzigsten Geburtstag geschenkt. Bei der Vorstellung, wie sie den raffinierten Neckholder unter ihrem Haaransatz zusammenknotete, bekam Viktor zuverlässig eine Erektion. Das war aber auch schon alles. Zu jener Sorte Freundinnen eines Freundes, für die man sich insgeheim einen Finger abgehackt hätte, um mit ihnen im Bett zu landen, hatte Christa nie gehört.

Das sollte sich einige Jahre später ändern. Paul paukte für das erste Staatsexamen, als hinge sein Leben von dieser Prüfung ab. Tag für Tag verbrachte Paul viel Zeit in der Bibliothek der juristischen Fakultät. An den Wochenenden verbarrikadierte er sich zu Hause und absolvierte das gleiche Pensum, ebenso konzentriert und unansprechbar. Zwei Monate vor dem Examen bekam er Panik und lernte auch nach dem Abendessen weiter. Manchmal bis tief in die Nacht. Christa schlich in dieser Zeit wie ein Geist um ihn herum, stumm, unsichtbar und ständig bemüht, keinen Lärm zu verursachen. In einem Anflug von Verzweiflung versuchte sie, Paul mit halb geöffnetem Bademantel dazu zu bringen, von seinen Büchern aufzusehen. Sie handelte sich nicht bloß eine harsche Abfuhr ein, sondern musste sich auch noch anhören, wie plump und egoistisch es sei, »jetzt ans Ficken zu denken«.

Eines Nachmittags rief sie Viktor an, und sie verabredeten sich in einem nahe gelegenen Café. Christa stellte amüsiert fest, dass sie sich, obwohl sie doch seit Jahren befreundet waren, noch nie allein getroffen hatten. Wieso sie an diesem Tag ausgerechnet ihn angerufen habe, fragte er sie Wochen später, nachdem sie nackt und keuchend auf dem Teppich unter seinem Schreibtisch zusammengesunken waren.

»Ganz einfach: Weil bei Uwe niemand abgenommen hat.«

Obwohl ihre Lippen direkt an seinem Ohr waren, ihre Arme fest um seine Schulten geschlungen, spürte Viktor erstmals die enorme Distanz, die zwischen ihnen entstanden war. Er spürte, wie sein erschlaffender

Schwanz in ihr vibrierte, während er plötzlich lachen musste. Ein trockenes, gedämpftes Lachen in die Fasern des Teppichs hinein. Erst als er seinen Kopf hob und sie wie ein Glückspilz anstrahlte, bemerkte er, dass sich ihre Augen mit Tränen gefüllt hatten.

Paul wusste damals von ihren Treffen. Einmal bedankte er sich sogar bei Viktor. Dafür, dass er sich um Christa kümmerte, dass er ihm den Rücken freihielt, wie er es nannte. Weil seine Nächte über den Büchern immer länger wurden, trafen sich Christa und Viktor häufiger abends. Sie gingen in ein vegetarisches Restaurant oder schauten italienische Filme in der Kinoreihe „Summer Movies". Einmal hockten sie zugedröhnt und nur mit einem Handtuch bekleidet am Ufer eines Badesees und kicherten über Begriffe, die Männer und Frauen für ihre Geschlechtsorgane verwendeten. Christa trug jetzt hin und wieder etwas Make-up, manchmal eine neue Bluse, die sie sich am Nachmittag gekauft hatte, oder Schuhe mit hohen Absätzen. Nicht selten drehten sich ihre Gespräche um Paul, seinen idiotischen Ehrgeiz, seine eiserne Disziplin. Als ob sie ihn herbeizureden versuchten.

Die anderen bemerkten von alldem nichts. Nur einmal, als sie bei Ronno und Uwe saßen und Viktor vorschlug, Christa wie so oft in diesen Tagen nach Hause zu begleiten, rümpfte Isabel die Nase. Christa lehnte das Angebot so umständlich ab, dass eigentlich allen auf der Stelle hätte klar sein müssen, was los war. Christa und Viktor mit eingeschlossen.

Zwei Tage vor Pauls mündlicher Prüfung schliefen sie endlich miteinander. An jenem Abend waren sie nach einem scharfen Thai-Curry kurz entschlossen in eine Karaokebar gestürmt. Auf dem Heimweg lachten sie über ihre misslungene Interpretation einer Sonny-&-Cher-Nummer. Sich zu berühren, war plötzlich ganz normal.

Mit der Hand auf der Schulter ebenso wie mit einem langen, forschenden Blick. Schließlich sagte Christa, dass sie am nächsten Abend nicht könne. Sie wolle lieber bei Paul bleiben, so kurz vor seiner letzten Prüfung.

Beiden war in diesem Augenblick klar, dass dies ihre letzte Gelegenheit sein würde. Dass unzählige Gelegenheiten zuvor ungenutzt verstrichen waren. Die Haut auf Christas Schultern strahlte warm. Viktors Hände glitten wie mit Samthandschuhen darüber. Seine Lippen überquerten die unsichtbare Grenze und landeten auf ihrem weichen, halb geöffneten Mund. Es war nicht die große Liebe, die sie dazu trieb, nicht einmal große Lust. Es war das Gefühl, etwas versäumt zu haben. Der erste Sex war hektisch und besinnungslos und keinesfalls die Befreiung, die sie sich beide davon erhofft hatten.

Von nun an trafen sie sich heimlich. Nach überstandener Prüfung hatte Paul nicht nur wieder mehr Zeit für Christa, er hatte auch das Gefühl, etwas wieder gutmachen zu müssen. Christa musste allerlei Ausreden erfinden, Arzttermine oder einen wöchentlichen Yogakurs, den ihr eine Freundin von früher empfohlen hatte. Sie gab sogar vor, zu einer Vorlesung in Rechtsmedizin zu gehen, um am Morgen frisch geduscht in ihre beste Unterwäsche zu steigen und drei Stunden später, ebenso frisch geduscht, mit einem Spiralblock voller zusammenhangsloser Notizen wieder nach Hause zu kommen. Niemand schöpfte Verdacht. Weder Paul, der sich zwar eines Tages wunderte, dass Christa den olivgrünen Bikini unter ihrem Pulli trug, noch einer der anderen. Die Abende bei Ronno und Uwe verliefen wie gehabt. Einmal erschien Christa etwas abgekämpft und notdürftig frisiert vom Yoga, ein anderes Mal entdeckte Paul in Viktors Wohnung einen mit »Rechtsmedizin« beschrifteten Ringbuchordner. Aber nichts geschah.

Wirklich brenzlig wurde es erst, als sich ein von Isabel angeschleppter Video Artist als Kartenabreißer im Kino entpuppte. Und zwar ausgerechnet in dem Kino, in dem Christa und Viktor einige Tage zuvor eine Spätvorstellung von *Good Fellas* besucht hatten, in der sie ganz allein saßen und Christa während der furiosen Hubschrauberverfolgung plötzlich ihre Hand in Viktors Hose gleiten ließ.

Lange würde das Ganze nicht mehr gut gehen. Isabels neuer Freund saß ihnen breitbeinig gegenüber und grinste sie unverhohlen an. Danach fiel der Yogakurs erst einmal aus, und als Viktor und Christa sich das nächste Mal zu einem Spaziergang trafen, sollte dieser von einer hitzigen Diskussion überschattet sein.

Christa wollte es Paul sagen. Viktor war dagegen. Christa wollte die Sache beenden, bevor sie sich ihrer Gefühle zu Paul immer unsicherer wurde. Auch das wollte Viktor nicht. Wenn es nach ihm gegangen wäre, hätten sie einfach so weitergemacht. Die heimlichen Stunden in seinem Bett waren der einzige gemeinsame Nenner, und das blieb ungefähr noch vier weitere Wochen so, bis ihre Affäre ebenso plötzlich endete, wie sie einige Monate zuvor begonnen hatte. Es gab keinen dramatischen Abschied, auch keinen Versuch, den anderen noch einmal umzustimmen. Nachdem sie zum letzten Mal miteinander geschlafen hatten, hastig, ernst und gegen die Rückbank von Pauls altem Ford gedrückt, verabschiedeten sie sich ohne Groll, ohne Tränen und ohne groß darüber nachzudenken, dass dieser Mittwochnachmittag das letzte Mal sein würde, dass sie sich liebten.

Kurz darauf eröffnete ihm Paul, Christa sei schwanger. Natürlich zog Viktor in Erwägung, das Kind könne von ihm stammen. Rechnete man die Wochen zurück, konnte es gut jener Abschiedsfick in Pauls Auto gewesen sein. Aber ebenso gut auch der Abend darauf, als Christa und Paul bei ihrem Lieblingsitaliener eine Art Neuanfang begingen. Nur dass Paul nichts von diesem Neuanfang wusste und er Christas unübersehbar neu entfachte Leidenschaft ihrer Erleichterung darüber zuschrieb, dass er, Paul, nun endlich wieder mehr Zeit für sie hatte.

Viktor wagte es nicht, Christa zur Rede zu stellen. Ihre wiederentdeckte Verliebtheit und die behutsame Zärtlichkeit, mit der sich Paul um seine schwangere Frau kümmerte, hielten ihn davon ab. Eines Tages fand Viktor einen Brief in der Post, die Adresse in jener schwungvoll verschnörkelten Handschrift, die Paul von Anfang an fasziniert hatte und die Viktor nur allzu gut aus den hastigen Abschriften der Rechtsmedizinnotizen kannte. Für Christa gab es keinen Zweifel, wer der Vater ihres Kindes war. Viktor könne beruhigt sein, schrieb sie, das Kind sei von Paul. Da sei sie sich hundertprozentig sicher. »So etwas spürt man schließlich«, hieß es in dem Brief.

Christa und er haben nie darüber gesprochen, sie machten einfach da weiter, wo sie kurz vor Pauls Examen aufgehört hatten. Mit Christas heimlichem Brief war die Sache für Viktor erledigt. Ihre Entscheidung für Paul kam ihm sogar sehr gelegen. Weder wollte er die Wahrheit wissen, noch wäre er bereit gewesen, die Konsequenzen zu tragen. Ein Vaterschaftstest kam daher überhaupt nicht infrage. Es gab keinen Grund, an dem, was Christa sagte, zu zweifeln. Viktor glaubte ihr einfach. Er wollte ihr glauben. Was hätte er sonst tun sollen?

Die nächsten Jahre schienen ihm außerdem recht zu geben. Seine wenigen Begegnungen mit Marco verliefen alles andere als bewegend. Eine Art unsichtbares Band, das den Vater beim Anblick seines Sohnes innerlich erzittern lässt, schien weniger der Realität als dem Wunschdenken glücklicher Väter zu entspringen. Viktor empfand absolut nichts dabei, den Jungen aufwachsen zu sehen, ihn an Weihnachten mit einem ferngesteuerten Porsche zu beschenken oder das Poster einer britischen Pop-Band in seinem Zimmer zu entdecken. Mit der Zeit bildete sich Viktor sogar Ähnlichkeiten zwischen Marco und Paul ein, bis er sich zuletzt nahezu sicher war, dass der Junge tatsächlich Pauls Junge war. Glück gehabt, dachte er dann immer, mit Blick auf alle Beteiligten.

11

Mir geht es nicht gut

Paul ist auf seinem Hocker zusammengesunken. Das blasse, wächserne Gesicht, der stiere Blick, seine gesamte Körpersprache lassen das Schlimmste befürchten. In seinem Kopf stauen sich Ärger, Übelkeit und Scham. Sein Blick wandert Halt suchend in der Kneipe umher. Verharrt einige Augenblicke auf der staubbesetzten Mattscheibe des kleinen Fernsehers, auf dem Foto einer Siegerehrung, auf einem Glasstiefel mit Vereinsemblem, bis ihn der jäh einsetzende Schwindel zu Boden treibt. Ruckartig richtet sich Paul auf und sieht durch die trüben Buntglasfenster nach draußen. Auf der Fensterablage nadelt ein Tannengesteck vor sich hin. Paul weiß, was für ein trauriges Bild er abgibt. Und dass er sich spätestens beim nächsten Schluck Bier übergeben wird. Es ist ihm egal.

»Auweia!«, hört er jemanden sagen. »Der letzte Schnaps ist ihm nicht bekommen.« Allein die halbe Drehung zu den anderen erfordert Pauls ganze Konzentration. Aus Uwes Gesicht steigt Rauch auf wie aus einer gegen ihn gerichteten Mündung. Ronno bleckt die Zähne, während Christa ihren Mann wortreich zu verteidigen versucht. Die letzten Tage seien schließlich hart gewesen. Die lange Fahrt mit den Kindern. Paul braucht ihr Bedauern nicht. Er wendet sich an Isabel, die schon wieder mit ihrem Telefon beschäftigt ist. Pauls Kopf ist bleischwer. Wie gern würde er ihn Isabel einfach in den Schoß legen. Er stellt sich vor, ihre warme Haut durch den Stoff ihrer Hose zu spüren. Straff und weich zugleich. Vom kreisrunden Plateau ihres Knies bis hinauf zu ihrem spitz zulaufenden Hintern.

Beinahe wäre Paul vornübergekippt. Vorhin, als Isabel und Christa von der Toilette zurückkamen, hat er es gesehen. Isabel ist noch immer verdammt gut in Form, besser als je zuvor. So eine Hose mit taillenhohem Bund würde Christa niemals tragen können. Der Gedanke hat ihm einen Stich versetzt. Sie hat eben schon Kinder. Aber so einen strammen Hintern wie Isabel hat Christa auch vorher nicht gehabt. Zu spät bemerkt Paul, dass er noch immer auf den Schoß seiner Sitznachbarin starrt. Der Mund steht ihm dabei offen, und etwas Flüssigkeit hat sich an der Unterlippe gesammelt. Aber auch das ist ihm inzwischen egal.

Wie so oft, wenn er zu viel getrunken hat, verfügt Paul über die Fähigkeit, sich von außen zu betrachten. Kurz bevor ihn die Übelkeit übermannt. Als könne er seinen Körper für kurze Zeit verlassen und sich und seine Umgebung aus einer anderen Perspektive beobachten. Hoch über dem Qualm der Zigaretten, dem Rauschen in seinen Ohren und dem Gequassel um ihn herum schwirrt Paul einen Moment über seinem eigenen Kopf herum. Wie ein zu stark aufgeblasener Luftballon, kurz bevor es ihn zerreißt. In diesem Zustand erscheinen ihm viele Dinge klarer und einfacher. Es gelingt ihm, Zusammenhänge herzustellen, die sich ihm nüchtern bis dahin nicht erschlossen haben. So war ihm damals, auf dem Heimweg von seiner Abiturfeier, während er wie eine alte Straßenbahn über den Bürgersteig schwankte, klar geworden, dass er Jurist werden wollte. Dass die Eindeutigkeit, die Verbindlichkeit von Recht und Gesetzestexten Dinge waren, die ihn sein Leben lang mit stiller Freude erfüllen würden. Und ebenso volltrunken saß er an jenem Abend, nachdem ihm Christa offenbart hatte, dass sie schwanger war, am Fuß der Metalltreppe vor Ronnos und Uwes Wohnung und kam zu dem Ergebnis, dass alles, was er je in seinem

Leben tun oder lassen würde, bedeutungslos wäre ohne Christa und das in ihrem Bauch heranwachsende Kind. Diese Augenblicke der Klarheit, wie er sie nennt, dieser blitzartige, befremdliche Durchblick währt immer nur kurz und ist stets von einem unweigerlichen Brechreiz gefolgt.

»Ist alles in Ordnung, Schatz?«

Christa hat sich zu ihm herübergebeugt. Paul nickt, ohne sie anzusehen.

Uwe und Ronno verhandeln gerade mit dem Wirt, einige der Schnitzel vom Vorabend in der Pfanne aufzuwärmen.

»Mit einem Löffel Kartoffelsalat würde reichen«, ruft Ronno dem Wirt hinterher. Krämer ist schon auf dem Weg in die Küche.

»Vielleicht solltest du auch was essen, Schatz.«

Paul reagiert nicht. Wie hypnotisiert starrt er hinüber zu Ronno und Uwe, die mit ihren Händen die Größe der Schnitzel zu schätzen versuchen. Ihre Gesichter sind verzerrt und schemenhaft. Paul hört auch nicht, was sie sagen. Die beiden scheinen unendlich weit von ihm entfernt zu sitzen, und doch erkennt er auch in diesem Moment etwas, dass er zuvor übersehen hat. Paul schließt die Augen und gibt sich ganz seinem Schwindel hin. Er weiß jetzt, woher das Geld stammt, die hundertfünfzigtausend Euro, die Uwe in dem Karton vor seiner Buchhandlung gefunden hat.

»Christa«, zischt er und fasst nach ihrem Arm, damit sie ihn ansieht. Sein Gesicht ist kreidebleich und eingefallen, die Lippen sind blass und trocken. Er hat Tränen in den Augen.

»Ja, Schatz?«

»Mir geht es nicht gut.«

Schlaff und kraftlos gleitet er von seinem Hocker. Er stolpert beinahe in eine der Tischgruppen, wankt weiter in Richtung Ausgang, würgt ein erstes Mal. Mit letzter Kraft reißt er die schwere, mit Gusseisen beschlagene Eingangstür auf und stürmt nach draußen, wo er sich schließlich, über das Geländer der kleinen Treppe gebeugt, in einen Kübel mit Blumenrabatten übergibt.

Die anderen sehen ihm nach. Ronno schüttelt den Kopf. Im gleichen Augenblick kommt der Wirt mit den Schnitzeln zurück. Isabel nickt anerkennend ob des gelungenen Timings.

»Na dann, guten Appetit!«

Christa steigt von ihrem Hocker, um nach ihrem Mann zu sehen. Sie spürt ebenfalls den Alkohol. Das Blut sackt ihr wie ein defekter Fahrstuhl in die Beine. Während sie die umgeworfenen Stühle wieder aufstellt, ärgert sie sich über sich selbst. Sie musste ja unbedingt die schmalen Lederpumps anziehen. Die, die Viktor ihr damals geschenkt hat und die sie häufig trug, wenn sie sich trafen.

Als Christa vor drei Tagen von seinem Tod erfuhr, war ihr erster Gedanke, dass er es wegen ihr getan hatte. Nach all den Jahren musste Viktor ihr auf die Schliche gekommen sein. Wie, das wusste sie nicht. Sie spielte alle Möglichkeiten durch, zog die verrücktesten Zufälle in Erwägung. Schließlich konnte es nur eine geben. Viktor musste es Marco angesehen haben. Das war kitschig, dennoch erschien ihr das als die einzig plausible Erklärung. Im Lauf der Jahre hatte Christa eine gewisse Ähnlichkeit zwischen ihrem Sohn und seinem leiblichen Vater entdeckt. In der geschwungenen Form der Schulterblätter zum Beispiel, in seinem Hang zur Albernheit oder in seinen geröteten Wangen, wenn er sich übermäßig anstrengte.

Plötzlich bereute sie, Viktor all die Jahre belogen zu haben. In gewisser Weise fühlte sie sich mitschuldig an seinem Tod. Auch wenn ihr, nachdem der erste Schock überwunden war, Zweifel kamen, dass er sich deswegen das Leben genommen hatte. Wegen einer Lüge, die nun schon so viele Jahre zurücklag. Das hätte einfach nicht zu ihm gepasst.

Lange Zeit hatte Christa gefürchtet, Viktor könnte die kurze Affäre mit ihr auf die leichte Schulter nehmen. Sie erinnerte sich noch gut an nächtliche Panikattacken. An schlaflose Stunden, in denen sie sich ruhelos neben Paul hin und her gewälzt hatte, immer mit der Angst, Viktor könnte seinen Mund nicht halten. Sollte ihr Mann jemals Wind von der Affäre bekommen, er würde sofort eins und eins zusammenzählen und unweigerlich zu der Frage gelangen, auf die Christa während dieser Nächte unzählige kopflose Antworten erfand, allesamt so fahl und schleierhaft wie das Mondlicht, das durch die Ritzen der Jalousie in ihr Schlafzimmer drang.

Christa hatte stets jedes vertrauliche Wort zwischen Viktor und ihrem Mann argwöhnisch beäugt. »Und, worüber habt ihr euch unterhalten?«, fragte sie ihren Mann häufig am darauffolgenden Tag. Oder nach einem ihrer Telefonate, die sie mitangehört hatte. Oft hatte sie den Eindruck, ihr Mann sei von Minute zu Minute schweigsamer geworden. Die Befürchtung, Viktor könnte sie verraten, beabsichtigt oder unbeabsichtigt, war allgegenwärtig. In den vergangenen vierzehn Jahren war ihr diese Angst so vertraut geworden, dass Christa, nachdem Uwe sie vor drei Tagen angerufen hatte, einige Stunden brauchte, bis sie begriff, was Viktors Tod für sie bedeutete. Bis sich in ihre Trauer um einen guten Freund, um den Vater ihres Sohnes, auch eine gewisse Erleichterung schlich. Diese dumme kleine Sache von damals würde nun für immer ihr Geheimnis bleiben.

Umso entsetzlicher erschrak Christa, als sie am Morgen in der Kapelle Platz nahm und ihren Blick nichts ahnend über die Blumendekorationen am Altar schweifen ließ. Da musste jemandem ein Fehler unterlaufen sein. Ein Missverständnis, dachte sie beunruhigt und blickte sich um. Paul, der neben ihr saß und stoisch ihre Hand knetete, schien den Kranz nicht bemerkt zu haben. Christa drehte sich um. Auch die anderen, Ronno, Uwe und Isabel, schienen in ihren Gedanken versunken zu sein. Als Uwe kurz aufsah und Christas entsetzten Blick bemerkte, lächelte er, wie um ihr Mut zu machen.

Hatte Viktor es am Ende doch noch ausgeplaudert? Gab es Mitwisser, hier in der Kapelle? Christa blickte verzweifelt hinüber auf die andere Seite des schmalen Gangs, wo die Eltern und Familienangehörigen saßen. Hatte er es vielleicht seinen Eltern erzählt, kurz vor seinem Tod? Oder gar Paul? Ängstlich wandte sie sich wieder ihrem Mann zu. Nein, Paul wusste es nicht. Da war sie sich sicher und verwarf zugleich den erschreckenden Gedanken, Paul selbst könne den Kranz direkt vor ihre Nase gelegt haben, um sich nach all den Jahren an ihr zu rächen.

Christa versuchte, Ruhe zu bewahren. Selbst wenn jemand der Anwesenden den Kranz entdeckte, niemand, nicht einmal Paul, würde deshalb gleich eine Verbindung zu ihr oder zu Marco herstellen. Voller Stolz und Zuneigung blickte sie auf ihren Sohn, auf seine mühsam gescheitelten Haare, auf den Wirbel an seinem Hinterkopf, aus dem einige störrische Haarsträhnen ragten wie eigens ausgerichtete Antennen. Marco trug an diesem Tag erstmals eine von Pauls Krawatten und nestelte unentwegt daran herum. Inzwischen war der Knoten vollkommen verrutscht, und die Krawattenspitze baumelte zwischen seinen dürren Oberschenkeln. Den ganzen Morgen hatte sich der Junge mit seiner Schwester Frederike gestritten. Beim Anblick des Sargs waren beide augenblicklich verstummt.

Wie war dieser verdammte Kranz hierhergekommen? Christa überlegte fieberhaft. Während sie aufstand und aus der Bank trat, in der Hand einen gefalteten Ausdruck mit Fürbitten, kam ihr eine Idee. Es musste noch einen weiteren Sohn geben, von einer anderen, bislang unbekannten Frau. Möglich wäre es immerhin. Wer wusste schon, mit wem Viktor in letzter Zeit zusammen gewesen und mit wem er ausgegangen war, geschweige denn, mit wem er geschlafen hatte? Vielleicht war dieser andere Sohn noch ganz jung, womöglich war er noch gar nicht geboren. Vielleicht hatte Viktor sich deshalb umgebracht. Um sich in letzter Sekunde aus dem Staub zu machen.

Die Fürbitten wurden abwechselnd von Christa, Uwe und einem Neffen von Viktor verlesen, dem bedauernswerten Benno, der ihn im Grunde gar nicht kannte. Während die anderen an der Reihe waren – Benno schien seinen Text so oft geprobt zu haben, dass er ihn auswendig aufsagen konnte –, hielt Christa nach jener unbekannten Person Ausschau. Und auch wenn sie niemanden entdeckte, der Bauch oder Umstandskleider trug, spürte sie doch, wie ihr dieser Gedanke Auftrieb verlieh.

Plötzlich passte alles zusammen: Der geschmacklos ausgewählte Kranz, die übertriebene Theatralik dieser Geste, ja sogar Viktors rätselhafter, scheinbar grundloser Selbstmord erschien ihr mit einem Mal in einem anderen Licht. Während ihrer letzten Fürbitte begann Christa, hemmungslos zu schluchzen, und Uwe musste sie stützen, damit sie auf den wenigen Metern zurück zu ihrem Platz nicht zusammenbrach. Als sie wieder bei Paul und den Kindern saß, umklammerte Christa den Arm ihres Mannes wie einen Rettungsanker. Noch einmal sah sie hinüber zum Sarg, und ihr Blick fiel erneut auf den ominösen Kranz daneben, der ihr mit einem

Mal viel kleiner und weniger auffällig erschien. Christa hatte sich wieder gefangen. Falls doch noch jemand den Kranz entdecken sollte, sie würde ebenso erstaunt und ahnungslos reagieren wie alle anderen auch.

Nachdem der Sarg eine halbe Stunde später hinunter in die Erde gelassen worden war und die kleine Trauergemeinde auseinanderstob, ohne dass jemand den Kranz bemerkt zu haben schien, glaubte Christa zunächst an ein Zeichen. Ein Wunder, um das sie während *Der Herr ist mein Hirte* inständig und mit gefalteten Händen gefleht hatte. Offenbar war sie erhört worden. Von wem auch immer der Kranz dorthin gelegt worden war, weder Paul noch einer von den anderen hatte ihn entdeckt. Vielleicht sollte der Kranz nicht entdeckt werden. Warum also sollte sie, ausgerechnet sie, irgendjemandem davon erzählen?

Bis zum heutigen Tage ist doch alles glatt gelaufen. Wenn Paul auch nicht der leibliche Vater von Marco ist, er war zweifellos der bessere Vater. Mit Freude und Erleichterung hat Christa mitangesehen, wie Paul auf allen vieren durch die Wohnung krabbelte, mit wie viel Ausdauer er Verstecken oder Fangen spielen konnte. Mit welcher Geduld er Elternabende über sich ergehen ließ, Stöcke schnitzte oder Strandmuscheln aufbaute. Wie er Marco wegen seiner schlechten Mathematiknoten verteidigte, als stünden sie gemeinsam vor einem Scharfrichter.

Nun droht all dies wie ein Kartenhaus in sich zusammenzubrechen. Zu einem Zeitpunkt, als Christa schon gar nicht mehr damit gerechnet hat. Der Wirt hat mit seiner Bemerkung über den Kranz eine Lawine ins Rollen gebracht, die nun kaum noch aufzuhalten sein dürfte. Isabel weiß Bescheid. Dazu muss man kein Hellseher sein. Und auch Paul wird früher oder später von selbst daraufkommen. Sie muss reinen Tisch machen, wenn nicht jetzt gleich, dann spätestens wenn sie wieder zu Hause sind. Zur Not wird sie Paul die Geschichte eines einmaligen Ausrutschers auftischen. Ihr Mann ist ein besonnener Mensch. Er wird nichts Unüberlegtes tun. Schon allein wegen Marco und Frederike. Bei dem Gedanken an ihre Kinder tritt Christa nach draußen in die feuchte Nachtluft. Sie hebt die Schultern und atmet tief durch. Ja, sie wird reinen Tisch machen, die Sache auf Viktor schieben, auf Pauls Scheißexamen und darauf, dass sie doch noch so jung waren, auch wenn sie damit die längst ans Licht drängende Wahrheit nur gegen eine weitere, düstere Lüge austauscht. Sie schluckt bitter. Alles hätte so schön sein können, hätte ihr der Wirt nicht einen Strich durch die Rechnung gemacht. Dieser verdammte Wichtigtuer!

12

Warum hast du nie etwas gesagt?

»Geht es, Schatz?«

Christa schließt die Tür zur Gaststätte. Sie bleibt hinter Paul stehen, der noch immer auf dem obersten Treppenabsatz kniet und den Blumenkübel umarmt. Behutsam streicht sie ihm Haarsträhnen von der Stirn und reicht ihm eine Papierserviette vom Tresen. Paul zieht den Kopf weg.

»Ja, lass mich.«

Dann übergibt er sich erneut. Ein Radfahrer in Blaumann und Gummistiefeln fährt auf der gegenüberliegenden Straßenseite und glotzt durch die Dunkelheit zur Kneipe herüber. Als Christa seinen Blick erwidert, dreht er ab und tritt quietschend in die Pedalen.

»Was machen wir hier eigentlich, Christa?« Paul hat Mühe, diesen einen Satz zwischen zwei Würgereizen herauszubringen. Christa sieht noch dem schlingernden Rücklicht hinterher, das bald darauf im Dunkel einer Seitenstraße verschwindet.

»Von mir aus können wir gleich los.«

Paul schüttelt den Kopf.

»Das hab ich nicht gemeint.«

Er nimmt die Serviette und tupft sich sorgfältig den Mund ab. »Ich will noch nicht gehen.«

Christa tippt sich mit dem Finger an den Mundwinkel.

»Ist da noch Kotze?«

Sie nickt.

»Ich will wissen, warum er es getan hat«, sagt Paul, während er sich wieder über den Mund wischt. »Du glaubst doch nicht im Ernst, dass er sich wegen seines Sohnes umgebracht hat.«

Christa stutzt. Sie muss sich verhört haben. Paul redet einfach weiter.

»Viktor, dem nie etwas die Laune verderben konnte, der immer am lautesten gelacht hat und der sich stets einen Scheißdreck um andere geschert hat. Willst du nicht wissen, warum sich so einer mit dem Gewehr ins Gesicht schießt? Wieso er das Leben satt hatte? Das Leben, das wir zur Hälfte gemeinsam verbracht haben?«

Paul blickt in den Nachthimmel, als lausche er dem Echo des Schusses, der sich einige Tage zuvor nur wenige Hundert Meter von hier entfernt gelöst hat.

»Doch. Das frage ich mich die ganze Zeit. Aber ich weiß auch keine Antwort.«

»Und dann willst du schon gehen?«

Sie hebt die Schultern.

»Das Gequatsche da drinnen macht ihn auch nicht wieder lebendig.«

Paul richtet sich auf.

»Hast du noch nie darüber nachgedacht, dich umzubringen?«

Christa starrt unschlüssig auf das Häufchen Kotze, das wie eine Salatsoße über die Blumenknospen verteilt ist.

»Ich schon, Christa.« Paul knüllt die beschmutzte Serviette in seiner Faust zusammen. »Aber ich hatte einfach nicht den Mumm dazu«, sagt er leise und wirft die Serviette schließlich über das Treppengeländer. Seine Bewegungen wirken müde und kraftlos. »Und dieser Schweinehund hat es einfach getan. Bumm! Einfach so«, sagt er mehr zu sich selbst. »Dafür hasse ich ihn am meisten.«

»Aber Paul!«

Christa hält sich erschrocken die Hand vor den Mund. Sie spürt, wie unter ihr etwas wegsackt. Paul ist unbestreitbar betrunken und am Ende seiner Kräfte. Aber was ändert das schon an dem, was er gerade gesagt hat?

In ihrem Kopf reiht sich eine wahllose Bilderfolge aneinander: Pauls konzentrierter Gesichtsausdruck, wenn er sich ein Kondom über den Penis stülpt. Ihre Hochzeitstorte, ein Muttermal in Pauls Nacken, auf das sie morgens oft ihre Lippen presst, wenn die Stelle noch warm ist und vom darüberliegenden Haar duftet. Oder Heiligabend vor ein paar Jahren, als sie plötzlich allein vor dem Christbaum stand und mit den Kindern *Vom Himmel hoch, da komm ich her* sang, während Paul noch einmal in die Kanzlei gefahren war. Die Kinder, denkt sie, wie schon so häufig an diesem Abend, und Christa verkneift es sich, ihren Mann an sie zu erinnern. Was hat er vorhin gesagt? Das Leben, das sie zur Hälfte gemeinsam verbracht haben. All die glücklichen Jahre. All das hat auch Paul einfach so wegwerfen wollen?

»Du weißt ja nicht, was du da sagst.«

»Ich weiß alles, Christa«, flüstert Paul und blickt ihr mit einem Mal fest in die Augen. »Ich weiß es seit Jahren.«

Christa braucht eine Sekunde, um den Moment zu erkennen, den sie sich so oft vorzustellen versucht hat. Den brüchigen Tonfall in Pauls Stimme, seinen ängstlich entschlossenen Blick. Die Sekunden unüberbrückbarer Stille. In ihrem Herz schlägt eine gusseiserne Glocke. Das Blut schießt ihr donnernd durch die Adern. Ihr wird heiß. Sie wird rot. Ihre Gedanken gehorchen ihr nicht mehr, fliehen, wie in Panik geratene Strandvögel, schwirren wild um ihren Kopf und kreisen dabei doch immer nur um ein und dieselbe Frage. Christa stellt sie, noch bevor sie imstande ist, irgendetwas zu ihrer Verteidigung zu sagen.

»Auch das mit Marco?«

Pauls Antwort kommt prompt, begleitet von einem fassungslosen Kopfschütteln.

»Hast du gedacht, ich wäre blind?«

Christa hält den Atem an. Vor ihr in der Dunkelheit taucht plötzlich ein Gesicht auf. Sie erkennt es sofort. Es ist Pauls noch junges, erschöpftes Gesicht, an jenem Abend, als Marcos Mittelohrentzündung immer schlimmer zu werden drohte. Paul hatte das fiebrige Bündel bereits zwei Tage und zwei Nächte auf seinem Arm durch die Wohnung getragen, aus Angst, die stetig steigende Temperatur könne ihm den Jungen wieder wegnehmen.

»Warum hast du nie etwas gesagt?«

Paul lächelt bitter, als bemerke er erst jetzt den Geschmack von Magensäure auf seiner Zunge.

»Nein, Christa, die Frage muss wohl eher lauten: Warum hast *du* nie etwas gesagt?«

Sie schließt die Augen. Tränen sammeln sich unter ihren Lidern wie Regenwasser unter einer undichten Persenning. Sie wollte doch nicht heulen, aber die Tränen bahnen sich einfach ihren Weg. Plötzlich erschreckt sie, als sich Paul abermals krümmt und sich ein weiteres Mal übergibt.

Was hätte sie denn sagen sollen? Und wann? Während sie über Marcos Schulleistungen diskutierten, über die Anschaffung eines Kombis oder über ein paar rote, trockene Stellen auf seinem Rücken, die Paul für eine Neurodermitis hielt? Während eines Strandspaziergangs an der Côte d'Azur, als sie beide zu viel getrunken hatten und Paul sie – rein hypothetisch natürlich – fragte, ob sie ihm einen Seitensprung verzeihen könnte? Es komme drauf an, mit wem, hatte sie damals geantwortet und sich schlagartig nüchtern gefühlt. Hätte sie es ihm damals sagen sollen, an diesem lauen Sommerabend am Meer, vor feuerrotem Himmel, als sie, getragen von einer leichten Brise und betört von der Würze ihrer Haut, Händchen haltend durch die seichte Brandung liefen und dabei vor Glück lachten?

Wann hatte sie den richtigen Zeitpunkt verpasst? Als sie ihm eröffnete, sie bekäme ein Baby? Nach der Geburt, nach jenen endlosen Stunden im Kreißsaal, in denen Paul an ihrem Bett gewacht, ihr die Nierenschale gereicht und ihr die Haare aus dem Gesicht gehalten hatte? Nachdem er bis zur Erschöpfung ihren Steiß massiert hatte?

»Ich hatte Angst, dich zu verlieren, Paul«, sagt sie mit erstickter Stimme. Gleichzeitig streckt sie ihre Hand nach ihm aus, um seinen schweren, aufgedunsenen Kopf zu stützen. Paul atmet schwer. Aus Mund und Nase trieft zähe Flüssigkeit, und kalter Schweiß steht ihm auf der Stirn.

»Paul?«

Er nickt stumm und stiert dabei hinunter in die rotbraun schimmernde Lache Erbrochenes, als spiegle sich darin das Konterfei eines Mannes, der imstande gewesen wäre, Christa anzubrüllen, sie wegzustoßen und ihr mit der Rückseite seiner Hand ins Gesicht zu schlagen. Paul schließt die Augen, horcht tief in sich hinein und stöhnt, in der sicheren Erwartung eines weiteren Schwalls Kotze.

Er würgt noch einige Male ohne wirkliche Erleichterung, dann endlich ist es überstanden. Christa bemerkt, wie sich Pauls Nackenmuskeln entspannen und spürt mit einem Mal das ganze Gewicht seines Kopfes in ihrer Hand. Seine geschwollene Stirn pocht noch immer. Christa zieht eine weitere Serviette aus ihrer Tasche und reicht sie ihm.

»Aber warum dieser Kranz, Paul?«

Mit dem Rücken an den Blumenkübel gelehnt, setzt er sich auf den Boden und wischt sich erneut das Gesicht ab. Ihre Frage lässt ihn innehalten. Pauls Blick ist aufgewühlt und flackernd. Plötzlich fängt er an zu lachen.

»Du dumme Gans!«

Sein Lachen erstickt heiser, und sein ausgezehrtes Gesicht verzieht sich zu einer jähzornigen, übergeschnappten Grimasse. In seinen Augen lodern Wut und Verachtung. Christa wird bleich vor Angst. Ihr Mann lacht sie aus.

»Hast du wirklich geglaubt, *ich* hätte den Kranz auf den Sarg gelegt? Ich hätte nichts Besseres zu tun gehabt, als ihn der versammelten Mannschaft unter die Nase zu reiben? Hast du den Verstand verloren, Schatz?«

Christa schüttelt verwirrt den Kopf.

»Aber wer dann?«

Die Antwort kündigt sich an, als würde sich ein Unwetter bilden, in einer kaum wahrnehmbaren Veränderung der Luft, in einem plötzlichen Schwindelgefühl. Christas Gesicht verkrampft sich, der unruhige Schlag ihres Herzens raubt ihr den Atem. Sie flüstert, die Arme fröstelnd vor der Brust verschränkt, die Fäuste in den Achselhöhlen geballt, die Augen weit aufgerissen.

»Marco?«

Paul sieht sie lange an. Seine matten Pupillen ziehen auf und wieder zu, als müsse er das Motiv vor seinen Augen erst scharf stellen, als justiere sich der Blick auf seine Frau gerade von Neuem. Schließlich beantwortet er ihre Frage, als überbringe er Christa eine weitere Todesnachricht: mit stoischer Miene, traurigen Augen und einem stummen, unerbittlichen Nicken.

13

Hab ich das noch gar nicht erzählt?

Krämer stapelt die leeren, mit Resten von Ketchup und Kartoffelsalat beschmierten Teller übereinander und legt das benutzte Besteck darauf.

»Lecker«, brummt Ronno und wischt sich mit dem Handrücken über den Mund. »Was ich jetzt noch bräuchte, ist ein Bier. Was ist mit dir, Uwe? Auch noch eins?«

Uwe nickt und zündet sich eine Zigarette an.

»Aber hallo.«

Satt und zufrieden sehen beide zum Wirt.

»Also zwei?«, fragt dieser. Er zieht den Zapfhahn wie ein Mikrofon zu sich heran und blickt zu Isabel hinüber, die vor der Musikbox steht und ratlos in den veralteten Verzeichnissen blättert.

»Was für ein Desaster!«

Im gleichen Augenblick öffnet sich die Eingangstür. Christa hat sich keine Mühe gegeben, die verlaufene Wimperntusche aus ihrem Gesicht zu wischen.

»Na? Habt ihr uns schon vermisst?«

Ein karges Lächeln huscht über ihre Lippen, bricht sich durch ihr Gesicht, wie Sonnenlicht durch getrocknete Erde. Dann verhärtet sich ihre Miene wieder, und sie blickt verlegen zu Boden, als müsse sie sich auf die nächsten Schritte konzentrieren. Paul folgt ihr, noch immer kreidebleich. Er ächzt leise, als er zurück auf seinen Hocker klettert. Über seinem Gesicht liegt ein dunkler Schatten, und seine Augen haben sich tief in ihre Höhlen zurückgezogen.

»Was glotzt ihr so?«, fragt er und blickt die anderen beiden Männer herausfordernd an. »Ich könnte jetzt wieder einen Schnaps vertragen. Wie steht's mit euch?«

Alle lachen erleichtert auf.

»So kennen wir dich, Paul«, ruft Ronno. Uwe beugt sich erleichtert über Isabels leeren Platz und klopft seinem Nachbarn so ungestüm auf die Schulter, als müsse er mit bloßen Händen einen Dachstuhl begradigen.

Paul verzieht keine Miene.

»Ich meine es ernst.«

Christas besorgtem Blick begegnet er mit einem Ausdruck vollkommener Gleichgültigkeit.

»Dann noch eine Runde für alle.« Ronno blickt den Wirt an, als erteile er ihm den Befehl zum Angriff. »Für Sie auch.«

Krämer nickt gehorsam und streicht mit dem Daumen etwas Schaum von einem der frisch gezapften Biergläser.

»Moment mal«, mischt sich Isabel ein. Sie tritt von hinten an Paul heran und legt ihm sanft ihre Hand auf die Schulter. Zuvor hat sie, zwischen Tom Jones und dem Shanty-Chor Bremerhaven, das Album *Best of Bowie* entdeckt.

»Ich trinke lieber ein Mineralwasser. Wenn wir so weitermachen, bin ich nämlich die Nächste, die draußen über dem Geländer hängt.« Lächelnd wendet sie sich an Paul, als hätten sich alle anderen in Luft aufgelöst. »Geht's dir wieder besser?«

Paul nickt. *Rock 'n' Roll Suicide* hat er seit Jahren nicht mehr gehört.

»Du hättest ja was essen können, Isabel«, dröhnt ihr Ronno entgegen. »Oder frisst du noch immer nur dieses Grünzeug?«

Uwe grinst wie eine Art Juniorpartner. Es ist ein schiefes Grinsen, eins wie aus Holzlatten zusammengezimmert. Isabels Miene verdunkelt sich augenblicklich.

»Ihr beide versteht euch ja wieder prächtig, wie?«

»Was dagegen?«

Isabel hebt die Augenbrauen.

»Ich wundere mich nur. Männer müssen scheinbar nur am Bier riechen, um ihre Streitigkeiten zu vergessen.«

»Was denn für Streitigkeiten?«

Die Getränke werden serviert. Als Krämer den Kühlschrank öffnet, um ein Fläschchen Mineralwasser herauszunehmen, überlegt er kurz. Vielleicht sollte auch er besser ein Wasser trinken. Seine Frau wird ihm nachher sicher die Hölle heiß machen. Spätestens morgen Früh wird er es zu spüren bekommen. Wenn sie ihn aus irgendeinem fadenscheinigen Vorwand zeitig aus dem Bett schmeißt, um ihm einen dünnen Kaffee zu servieren und dann schweigend in ihrem Rührei zu stochern, in dumpfer, gehässiger Freude über jedes Tellerquietschen, das ihren übermüdeten Mann zusammenzucken und von seinem Sportteil aufblicken lässt. Während er draußen dem Scheinwerfer eines vorbeifahrenden Autos folgt, regt sich Widerstand in ihm. Was hätte er denn tun sollen? Hätte er seine Gäste einfach auf die Straße setzen können? Nur um seinen Laden pünktlich zuzusperren und dann mit seiner Frau im Bett zu liegen, sich gegenseitig die Hand zu tätscheln und sich Rücken an Rücken eine gute Nacht zu wünschen?

»Mach doch einfach die Augen zu, Hans«, seufzt Marlies oft schläfrig, wenn er mal wieder nicht schlafen kann. Während er sich neben ihr in den Laken windet und ungeheuerliche Gedanken in seinem Kopf wälzt, so düster und bedrohlich wie aufziehende Gewitterwolken. Immerhin ist heute nicht irgendjemand beerdigt worden, sondern ein Junge aus ihrem Dorf. Der kleine Viktor, der bereits an der Hand seines Vaters in ihre Kneipe gekommen war und später, als seine Eltern sich ständig stritten, dort hinten am Ecktisch hockte, immer samstags während der *Sportschau.* Still und heimlich machte er sich über einen Teller Pommes frites und ein Malzbier her, während sein Vater auf den kleinen Fernseher hinter dem Tresen starrte und an den Darbietungen seines Lieblingsclubs verzweifelte. Wie kann seine Frau da ruhig schlafen? Wie kann sie, nach allem, was passiert ist, einfach zur Tagesordnung übergehen und ihn am Telefon zurechtweisen wie einen säumigen Trinker? Fragt sie sich denn nicht, warum der Junge das getan hat? Wie ein so junger Mensch sein Leben einfach hinter sich lassen kann?

Im Grunde sind diese Leute aus der Stadt doch ganz in Ordnung. Etwas von oben herab vielleicht, aber in Ordnung. Sie bestehen jedenfalls nicht darauf, mit ihm über den Kauf von Landmaschinen zu diskutieren, und sie klagen auch nicht ständig über Subventionsabbau, über anhaltenden oder ausbleibenden Regen. Sie stellen sich die gleichen Fragen wie er, wichtige Fragen, wie er findet, und auch wenn sie keine Antworten parat haben, tut es ihm einfach gut, ihnen zuzuhören. Es ist wie ein Lebenszeichen aus einer anderen Galaxie. Erwartungsfroh hält er ein weiteres Glas unter den Zapfhahn und betrachtet die aus der Leitung schießende goldene Flüssigkeit, als fülle er sich zehn weitere Lebensjahre ab. Verdammt noch mal, Marlies! Solche Abende wie diesen würde er schließlich nicht mehr allzu oft erleben.

»Ratet mal, wen Isabel vorgestern in Warschau getroffen hat«, sagt Uwe und beugt sich zu Christa und Paul hinüber. »Ihr werdet es nicht glauben.«

Paul wirft ihm einen leblosen Blick zu. Das Thekenlicht lässt die Ränder unter seinen Augen noch dunkler erscheinen, als wären sie tief in seine Wangenknochen gemeißelt.

»Könnt ihr euch noch an Magálie erinnern?«, übernimmt Isabel, bevor Uwe noch ein weiteres Wort sagen kann. Bevor er es vermasselt. »Dieses kleine Biest, wegen dem Viktor beinahe nach Paris gegangen wäre?« Sie setzt sich wieder auf ihren Hocker und blinzelt die beiden an wie eine flackernde Neonröhre.

Christa kneift die Lider zusammen, als müsse sie ihre Augen anstrengen, um sich an etwas zu erinnern, das derart weit zurückliegt.

»Die immer barfuss herumgelaufen ist?«, fragt sie schließlich.

»Genau die.«

»Damit sie mit ihren Sandalen nach Viktor werfen konnte«, setzt Ronno hinzu und lacht kurz auf. »Wisst ihr noch?«

Natürlich erinnern sie sich. Magálie war nicht die einzige Freundin, die Viktor vor versammelter Mannschaft eine Szene gemacht hat. Zweifellos hatte Viktor eine Schwäche für streitlustige Frauen. Magálie jedoch konnte regelrecht gewalttätig werden. Ihre Ohrfeigen waren legendär, ansatzlos und mit einer solchen Wucht geschlagen, dass Viktor jedes Mal verdutzt auf die zierliche Person vor sich blickte. Einmal zog sie ihm eine Bratpfanne mit getrockneten Resten einer Zucchini-Sahnesoße über den Kopf, sodass er zu Boden ging. Es genügte ein falsches Wort, ein ausschweifender Blick, eine falsche Frage.

Dabei hätte der Abend, auf den Ronno jetzt anspielt, gar nicht harmonischer beginnen können. Viktor hatte den ganzen Tag in Magálies kleinem, chaotischen Zimmer im Studentenwohnheim verbracht. Erst in letzter Sekunde hatten sie sich dazu aufgerafft, ihre Kleider vom Boden aufzusammeln und zu den anderen zu stoßen. Der Geruch eines ganzen Tages im Bett war in ihrem Haar, auf ihrer Haut, an ihren Fingerkuppen.

Um neue Kunden zu gewinnen, veranstaltete die Galerie, in der Isabel damals arbeitete, Ausstellungen außer Haus: auf einem Schiff, in einer alten Brotfabrik oder, wie an jenem Abend, in einem ehemaligen Bordell. Dort schlenderten kunstinteressierte Gäste mit einer Sektflöte in der Hand durch die verwinkelten Hinterzimmer. Statt der obligatorischen Spiegel hingen nun großformatige Leinwände an den Wänden, und auf den Nachttischchen standen statt einer Packung Kleenex und einer flachen Glasschale mit Kondomen nun Kräcker und Salzstangen. Ausgelassen kehrten die Besucher nach einem ersten Rundgang zurück in die Bar, mit rosigem, erhitztem Gesicht, einer anzüglichen Bemerkung auf den Lippen oder lauthals lachend, weil sie entweder noch nie in einem derartigen Etablissement waren oder nicht im Traum daran gedacht hätten, die größtenteils mit rotem Samt und dunklen Paneelen verkleideten Räumlichkeiten so bald wiederzusehen, schon gar nicht in Begleitung ihrer Gattin.

Viktor und Magálie konnten kaum die Finger voneinander lassen. Vor dem Akt einer belgischen Malerin zog Magálie ihren Slip unter ihrem Jeansrock hervor und kniete sich rittlings auf das gigantische Bett. Als wenig später eine Gruppe spanisch sprechender Geschäftsleute hereinplatzte, wusste im ersten Moment niemand so recht, ob es sich dabei um das handelte, wonach es aussah, oder um zwei eigens für diesen Abend engagierte Darsteller bei ihrer Performance. Als die beiden wenig später aufgedreht und verschwitzt in die Bar zurückkehrten, wurden sie von neugierigen Blicken empfangen. Es gab sogar verhaltenen Applaus.

»Ihr habt sie wohl nicht alle«, zischte Isabel verärgert, als sie das nächste Mal an Viktor vorbeikam. Offenbar hatte sich die Sache bereits herumgesprochen. Ihr strahlendes Lächeln, mit dem Isabel den ganzen Abend um ihre Gäste herumscharwenzelt war, stets bereit, für gute Laune zu sorgen, hatte sich von Grüppchen zu Grüppchen, von Häppchen zu Häppchen immer mehr abgenutzt und verzerrte sich nun vollends, da Magálie und sie einen abschätzigen Blick wechselten. Die beiden waren sich von Anfang an unsympathisch. Isabel verübelte es Viktors neuer Freundin, dass sie sich in ihrer Gegenwart deutsch und spießig fühlte, und Magálie ihrerseits bemerkte vom ersten Moment an, dass Viktors Verhältnis zu Isabel ein spezielles war. Dass er ihr nicht vor den Kopf stoßen konnte, zumindest nicht, ohne es anschließend wieder gutmachen zu wollen. So auch an diesem Abend. Die meisten Gäste waren bereits gegangen, nur noch ein kleiner angetrunkener Rest bevölkerte die verspiegelte, zur Tanzfläche umfunktionierte Empore. Viktor löste sich aus der Gruppe und durchquerte die Bar auf der Suche nach Isabel. Während Magálie sich prächtig zu amüsieren schien und allerlei tollkühne Drehungen an einer der Chromstangen vollführte, entdeckte er sie schließlich an der Bar, die Ellbogen auf den Tresen gestützt, die gesenkte Stirn zwischen Daumen und Zeigefinger. Zum ersten Mal an diesem Abend war sie allein. Viktor ging zu ihr hinüber, zog sich einen der Hocker heran und setzte sich neben sie.

»Kopfschmerzen?«, fragte er, auf ihre kreisenden Finger deutend. Isabel sah auf. Statt einer Antwort schob sie ihm ihre Zigaretten über den Tresen. Sie redeten nicht viel. Niemand redet viel, wenn die Bar aufgeräumt wird, die Spüle bereits poliert ist und sich erstes Tageslicht darin spiegelt. Viktor schlug vor, einen letzten Absacker zu trinken. Dabei blickte er kurz zur Tanzfläche hinüber. Isabel nickte erschöpft.

Die Bar habe seit einer halben Stunde geschlossen. Außerdem gebe es ohnehin nur noch Veterano. Als der Barkeeper Isabel jedoch erkannte, ließ er ihnen gleich die Flasche da. Isabel seufzte, nachdem sie an ihrem Glas genippt und angewidert das Gesicht verzogen hatte. Sie ließ ihren Kopf auf Viktors Schulter sinken. Er spürte das Gewicht eines anstrengenden Abends, ihre aufgetürmten Haare kitzelten wie trockenes Gras an seinem Hals. In einem der leeren Schnapsregale gegenüber sah er ihr Gesicht. Isabel hatte die Augen geschlossen und atmete tief ein und aus. Als würde sie auf der Stelle einschlafen. Viktor lächelte. Im gleichen Moment traf ihn ein stumpfer Gegenstand am Kopf.

Die erste Sandale hatte Magálie aus einiger Entfernung geworfen. Sie streifte Viktor am Ohr und landete scheppernd hinter dem Tresen, in einem Eimer mit Putzmitteln. Unwillkürlich sah Viktor ihr nach, daher bemerkte er zu spät, dass Magálie auf ihn zugestürmt kam, barfuss, ihre zweite Sandale mit eiserner Faust umschlossen. Ihr Absatz traf ihn wie ein Eispickel. Viktor riss die Arme nach oben und versuchte aufzustehen. Aber es gelang ihm nicht. Er verlor den Halt und wirbelte herum. Er hörte Magálies kreischende Stimme, Isabels kreischende Stimme. Er schmeckte Blut und Veterano in seinem Mund, während hinter dem Tresen jemand in Richtung Tanzfläche gestikulierte. Magálie drosch noch immer auf seinen Kopf ein, als müsse sie einen Nagel mit einer Zeitschrift in die Wand schlagen.

Natürlich erklärten ihn alle für komplett verrückt, als Viktor einige Abende später erneut mit Magálie aufkreuzte.

»Scheint ja ein bleibender Dachschaden zu sein«, diagnostizierte Ronno und deutete dabei auf das große, unförmige Pflaster an seiner Stirn. Gemeinsam mit Uwe hatte ihn Ronno in jener Nacht zu seinem Auto geschleift und ihn dort notdürftig verarztet. Glücklicherweise enthielt der Verbandskasten neben Pflaster, Nagelschere und einer brennenden, rotbraun schimmernden Salbe auch ein sorgfältig verschnürtes Beutelchen mit Gras und Blättchen. Während Ronno die Wunde desinfizierte, halb mit der Salbe, halb mit dem

Alkoholgehalt in seinem Atem, und ständig Sachen sagte wie »Stillhalten!« oder »Achtung, jetzt könnte es ein bisschen wehtun!«, fabrizierte Uwe einen beachtlichen Joint, der nicht unerheblich zur Schmerzlinderung beitrug. Immerhin konnte Viktor schon wieder lachen, als die beiden ihn im Morgengrauen vor seiner Haustür absetzten. Wenn sie gewusst hätten, dass Magálie bereits im Hausflur auf ihn wartete, die Augen dunkel und glänzend wie zwei angespülte Strandkiesel, sie hätten ihn wohl eher in einer Irrenanstalt abgeliefert. Viktor trug sie ins Bett wie ein schlafendes Kind.

So ging das fast ein Jahr. Nie wusste man, wie der Abend enden, ob Viktor am nächsten Morgen in Magálies Bett oder mit einer Beule am Kopf erwachen würde – oder beides. Dann musste Magálie zurück nach Paris. Angeblich hätte sie sonst ihren Studienplatz verloren. Viktor war so verrückt nach ihr, dass er um ein Haar seine Koffer gepackt und den nächstbesten Flug von Air France genommen hätte. Aber das wollte sie nicht.

»Lass es einfach so, wie es ist, Viktor«, antwortete sie Wochen später auf seine stürmische Luftpost. Sie hatte genug von ihm.

Niemand hatte seither etwas von ihr gehört oder sie gesehen. Trotzdem war ihnen Magálie über die Jahre vertraut geblieben. Konserviert in all den Anekdoten und verrückten Geschichten, den skurrilen Marotten, die sie sich zu vorgerückter Stunde gern in Erinnerung riefen. Sie blieb lebendig, auch wenn sie längst hätte tot sein können. Sie war ein fester Bestandteil, eine Art Tagesordnungspunkt, bei dem man sich lachend in seinem Stuhl zurücklehnen und sich an früher erinnern konnte, als denke man an seinen ersten Big Mac zurück oder an den brennenden Schmerz aufgeschürfter Knie.

»Wisst ihr noch, wie sie ihn eine ganze Nacht vor ihrer Tür schmoren ließ?«, erinnert sich Uwe. Kurzerhand war er mit Viktor nach Paris gefahren. Nachdem sie endlich das Haus in der Rue Lallier gefunden hatten, übernachtete Uwe unten im Auto, eingerollt in eine muffige Picknickdecke vom Rücksitz und genervt von der einzigen Kassette im Handschuhfach, einem Mixtape der Beastie Boys.

»Klar wissen wir das noch«, sagt Ronno.

Und es wäre jetzt wahrscheinlich noch ein paar Minuten so weitergegangen. Uwe hätte erzählt, wie Viktor morgens mit kleinen Augen und geröteten Fingerknöcheln hinaus auf die Straße trat. Wie Uwe zunächst dachte, Viktor habe die Nacht bei Magálie im Bett verbracht, nicht auf ihrer Fußmatte.

»Und? Darfst du hierbleiben?«, fragte er Viktor mit einem breiten Grinsen, das nahtlos in ein Gähnen überging. Viktor verneinte und sagte nur, sie wären besser gleich wieder nach Hause gefahren. Dann nahm er – sie hatten die Periphere noch nicht verlassen – die Beastie Boys aus dem Handschuhfach und schob sie wortlos in den Kassettenschlitz.

Isabel nickt bereits ungeduldig.

»Du hast es uns oft genug erzählt, Uwe.«

Wenn es nach Uwe ginge, würden sie sich schon seit Stunden solche Geschichten erzählen. Sie würden in Erinnerungen schwelgen, den Blick lächelnd in den Schoß gesenkt. Sie würden sich die Bälle zuspielen und sich gegenseitig immer mit neuen Details überbieten, sich hier und da verbessern, rechthaberisch werden und sich schließlich immer öfter widersprechen. Bis niemand mehr wüsste, wie es wirklich war. Und was irgendwann von irgendwem einfach dazu erfunden wurde. Als ob das überhaupt keine Rolle spielte.

Isabel blickt hinüber zu Christa. Dann zu Uwe. In Zukunft müssen all diese Anekdoten neu erzählt werden – nichts davon wird nach diesem Abend noch Bestand haben. Isabel spürt eine tiefe Genugtuung in sich aufsteigen. Warum soll es den anderen besser gehen als ihr selbst? Sie ist Christa hart angegangen, das steht ihrer Freundin ins bleiche, verheulte Gesicht geschrieben. Aber sie ist nicht die Einzige, die heute ihre Vergangenheit beerdigt. Marco ist das Puzzleteil, das Isabel gefehlt hat. Das sie gesucht hat, wie man nachts in heller Aufruhr unter seinem Bett nachschaut oder bei plötzlich auftretenden Turbulenzen zu den Tragflächen hinübersieht – um sich vom Gegenteil zu überzeugen. Davon, dass alles nichts weiter als ein Hirngespinst ist.

»Ich verstehe immer noch nicht, worauf ihr hinauswollt«, sagt Paul und unterbricht ihre freudlosen Gedanken.

Plötzlich erhebt sich Isabel von ihrem Hocker und zupft etwas umständlich an ihrer Hose herum. Ronno und Uwe sehen ihr dabei zu, als verkünde sie gleich die Heilige Schrift.

»Ich habe sie vor zwei Tagen in Warschau getroffen. In einem Supermarkt.«

»Wen?«

»Magálie.«

Paul begreift noch immer nicht.

»Was hat sie denn in Warschau gemacht?«

»Das ist das Beste, Paul«, mischt sich Ronno ein. »Sie ist seit Jahren mit einem polnischen Fußballer verheiratet, der eine Zeit lang bei Paris Saint-Germain unter Vertrag war.«

»Und nun lebt sie in Warschau?«

»Genau«, antwortet Isabel. »Ich hätte sie beinahe nicht erkannt. Sie hat nämlich ganz schön zugelegt, wenn ihr mich fragt.« Isabel bläst vergnügt die Backen auseinander. Christa lächelt zaghaft. In ihr Gesicht ist wieder etwas Farbe zurückgekehrt.

»Sie hat mich natürlich sofort nach Viktor gefragt«, fährt Isabel fort. »Stellt euch das mal vor, gerade einen Tag nachdem ihr mich aus Deutschland angerufen hattet.«

Paul blickt sie ausdruckslos an. Er verfolgt das Ganze mit einer Mischung aus Ohnmacht und Befremden, mit der man einer Fliege dabei zusieht, wie sie auf einem Haufen Hundescheiße landet.

»Zuerst hat sie gar keine Miene verzogen«, beeilt sich Isabel zu sagen, »und mich mit Fragen gelöchert: Ob Viktor verheiratet war, ob er Kinder gehabt hat und so weiter. Als ich verneinte und sagte, er sei meines Wissens ganz allein gestorben, hatte sie plötzlich Tränen in den Augen. Ich dachte zuerst, sie übertreibt mal wieder. Das konnte sie schließlich schon immer ganz gut.«

Noch einmal treffen sich die Blicke der beiden Frauen. Wie Isabel hatte auch Christa damals Magálies Gefühlsausbrüche nicht ernst genommen und sie für eine clevere, kleine Schauspielerin gehalten.

»Sie meinte, sie brauche jetzt erst mal einen Schnaps, und fragte mich, ob ich nicht Lust hätte, noch mit zu ihr zu kommen.«

»Du warst bei ihr zu Hause?«, wird sie von Uwe unterbrochen. »Davon hast du ja vorhin gar nichts erzählt.«

Auch Ronno hebt überrascht den Kopf.

»Ihr lasst einen ja auch nie ausreden. Magálie wohnte ganz in der Nähe, in einer dieser typischen Warschauer Stadtwohnungen – viel Platz, aber nur wenig Geschmack. Gleich im Flur hing ein großformatiges Foto ihres Mannes, der irgendeinem übergewichtigen Kerl im Anzug die Hand schüttelt, wahrscheinlich einem Politiker. Die Küche war eingerichtet, als müsste sie täglich eine ganze Fußballmannschaft bekochen, viel Holz und Edelstahl und dann einer dieser Kühlschränke mit integriertem Flachbildschirm, kennt ihr die?«

So wie die anderen sie jetzt ansehen, stellt sich Isabel manchmal das Gesicht ihrer Großeltern vor, als sie 1945, nach ihrer Flucht aus Polen, im Auffanglager Friedland gestrandet waren und ein rotgesichtiger Kalfaktor ihrem Vater zeigen wollte, wie man einen Lichtschalter bediente. Ebenso wie der unversöhnliche Deutsche es damals tat, übergeht Isabel ihr geronnenes Lächeln einfach und wechselt unwirsch ins benachbarte Zimmer.

»Wie stolz sie war, als sie mir ihr Wohnzimmer präsentierte. Ihr hättet sie sehen sollen. Sie ist darin herumstolziert wie eine dieser aufmüpfigen kleinen Maklerinnen und hat mich auf dieses und jenes aufmerksam gemacht. Als hätte ich noch nie eine gut erhaltene Stuckrosette gesehen.«

Ronno und Uwe greifen nach ihren Gläsern. Isabels Kleinkrieg gegen Magálie, gegen ihren angeblich so unterirdischen Musikgeschmack, gegen ihre strassbesetzten Haargummis oder gegen die herablassende Art, mit der sie die damals stillende Christa wie ein unter Artenschutz stehendes Säugetier behandelt hatte, war den beiden schon immer auf die Nerven gegangen.

»Das war mal wieder typisch für Magálie. Da zeigt sie mir erst diese riesige, blank geputzte Espressomaschine, und dann serviert sie einen Pulvercappuccino und stellt eine Flasche Grappa aus dem Supermarkt dazu.«

Isabel lässt sich Zeit. Es bereitet ihr sichtlich Vergnügen, die Geschichte etwas auszuschmücken. Magálie war ihr tatsächlich in einem Warschauer Supermarkt begegnet. Sie ist auch mit dem besagten Fußballer verheiratet. Aber anders als in Isabels blumiger Fantasie hat Magálie lauthals gelacht, als sie von Viktors Tod erfuhr. Das passe zu ihm, hatte sie bloß gesagt. Ihrem Mann, der während der kurzen, hektischen Unterhaltung der beiden Frauen das Etikett einer Flasche Grappa studierte, erzählte sie in drei flüchtigen Sätzen, wer Viktor war und woher sie Isabel kannte. Das passe zu Viktor, wiederholte sie zum Abschied noch einmal, bevor sie mit großen Schritten in Richtung Kasse verschwand. Es sei nur mehr als konsequent von einem Egoisten wie ihm.

Die Erzählung über Magálies Warschauer Stadtwohnung, über die sich Isabel nun so genüsslich echauffiert, entspringt in etwa eins zu eins einem Artikel aus dem Lufthansa-Magazin, das Isabel auf dem Weg hierher überflogen hat. Mit wachsendem Eifer lässt sie Erlebtes, Erzähltes und frei Erfundenes ineinanderfließen und vermengt alles zu einem untrennbaren Ganzen. Sie ist jetzt richtig in Fahrt.

Munter berichtet sie von dem dunklen Chippendale, an den sie und Magálie sich angeblich gesetzt hätten (»Kolonialstil, unmöglich!«), von dem Grappa, den sie sich abwechselnd eingeschenkt hätten (»Grappa«, rief Ronno aus, »gute Idee!«), und dass Magálie schließlich zugegeben hätte, die Sache mit dem Studienplatz damals bloß erfunden zu haben. Dass sie in jener Nacht in Paris hin- und hergerissen hinter ihrer Tür gehockt habe, während Uwe unten im Wagen gedöst und Viktor ihr kleine, zackig ausgerissene Zettelchen durch den Briefschlitz aus Messing geschoben habe, damit sie ihm endlich aufschloss.

Und als Krämer, inzwischen auch neugierig geworden, fragt, warum diese Frau das alles getan habe, warum sie Viktor nicht einfach die verdammte Tür aufgemacht habe, antwortet Isabel zögerlich, so als müsse sie erst nach den richtigen Worten suchen.

»Sie sagte, dass Viktor ohne seine Freunde, ohne uns also, nie glücklich geworden wäre, ja gar nicht hätte leben können. Sie habe ihn«, und dabei macht sie eine Pause, als fiele ihr die deutsche Übersetzung nicht gleich ein, »nicht entwurzeln wollen. Ja, entwurzeln hat sie gesagt.«

Der Wirt nickt irritiert. Uwe strahlt übers ganze Gesicht. Wen interessiert es schon, welche Versatzstücke wahr und welche gelogen sind? Was spielt das jetzt noch für eine Rolle? Isabel räuspert sich.

»Und dann ist noch etwas Seltsames passiert. Ich wollte gerade gehen, da hörte ich einen Schlüssel in der Tür. Ich dachte schon, jetzt lerne ich endlich mal einen richtigen Fußballer kennen.« Sie lacht. »So einen mit Schnauzer und unmöglicher Frisur, wisst ihr?« Dabei sieht sie hinüber zu Ronno und streicht sich mit der Hand durchs Haar.

»Magálie wurde plötzlich ganz aufgeregt. Sie fragte mich auf Französisch, ob ich noch was trinken wolle, und verschüttete dabei fast die Hälfte der Flasche. Ich wusste erst gar nicht, was los war. Auf einmal stand ein kleiner Junge in der Tür. Wortlos drehte er sich um, ging in die Küche und machte dort den Fernseher an. ›Willst du nicht Guten Tag sagen?‹, rief ihm Magálie hinter her.«

Isabel hat den unverkennbaren Akzent und die spitze, stets etwas aufgekratzte Stimme schon früher gern imitiert. Wenn Christa und sie sich über Magálies Vorliebe für billige Vorabendserien oder ihre übertriebene Betonung deutscher Schimpfwörter lustig gemacht haben.

»Sie hat deutsch mit ihm gesprochen?«, fragt Paul misstrauisch.

»Natürlich nicht.«

»Wie alt war der Junge denn?«, will Uwe wissen. »Und wie sah er aus?«

Christa hebt so ruckartig den Kopf, dass ein Halswirbel knackt. Es klingt, als sei irgendwo hinten im großen Saal eine Tür zurück ins Schloss gefallen.

Isabel wartet noch einen Moment, bevor sie die Bombe platzen lässt.

»Nicht wie Viktor, falls du das meinst.«

Uwe ist plötzlich wie elektrisiert. Sein Blick titscht wie eine Flipperkugel von einem zum anderen.

»Wieso eigentlich nicht? Es könnte doch immerhin sein, dass dieser Junge der Sohn ist, nach dem wir schon die ganze Zeit suchen.«

»Das ist doch absurd, Uwe«, sagt Ronno, nachdem alle für eine Sekunde überlegt haben, einen Schluck aus ihrem Glas genommen und diesen bedächtig im Mund hin und her gewogen haben.

»Wie alt war der Junge denn nun?«, will Uwe von Isabel wissen.

»Keine Ahnung!« Sie macht ein vages Gesicht. »Ich hab ihn ja nur ganz kurz gesehen. Etwa zehn war er«, schätzt sie, »vielleicht auch jünger.«

»Na bitte«, sagt Uwe nur. »Klingelt es noch immer nicht bei euch?«

»Hast du mit dem Jungen gesprochen?«

Isabel kratzt sich nachdenklich am Kinn.

»Nein, er muss kurz danach auf sein Zimmer gegangen sein. Als ich die Wohnung später verließ, lief nur noch der Fernseher in der Küche.«

»Und Magálie hat nichts weiter dazu gesagt?«

Wieder schüttelt Isabel den Kopf.

»Sie meinte nur, dass ihr Sohn gegenüber Fremden sehr verschlossen sei.«

»Seht ihr«, ruft Uwe aus, als habe er soeben beim Bingo gewonnen, »genau wie Viktor! Wisst ihr denn nicht mehr, wie unmöglich er manchmal sein konnte?« Er wendet sich an Isabel. »Gerade du müsstet dich doch noch daran erinnern, Isa. Hast du nicht selbst immer gesagt, Viktor führe sich in Gegenwart anderer auf wie ein Neandertaler?«

Ronno genehmigt sich einen großzügigen Schluck Bier. Folgt man dem Tropfen, der an seinem Kinn hinunterlief, in die entgegengesetzte Richtung, ist kaum zu übersehen, dass er grinst. Das Wort »Neandertaler« scheint ihn besonders zu erheitern, es trifft die Sache ganz gut. Insbesondere die Abende, an denen Isabel ihre neuen Freunde vorstellte, endeten nicht selten in einer Katastrophe.

»Ihr müsst zugeben, dass bei dem Jungen alles zusammenpasst«, sagt Uwe.

»Unsinn! Gar nichts passt zusammen«, erwidert Paul gereizt. »Der Junge ist auf sein Zimmer gegangen. Vielleicht war er bloß schüchtern. Das ist doch ganz normal in diesem Alter.«

»Trotzdem könnte Uwe recht haben«, sagt Ronno, während er einen Rülpser unterdrückt, der nach Kartoffelsalat schmeckt.

Paul sieht ihn fassungslos an. Mehr noch als das beharrliche Schweigen seiner Frau ärgert ihn die Tatsache, dass Uwe und nun auch noch Ronno dieser zum Himmel stinkenden Geschichte auf den Leim gehen. Paul hat zwar nicht die leiseste Ahnung, was Isabel damit bezweckt, aber Uwe und Ronno führen sich auf wie Teenager, die an Lazarus glauben oder an die Hure mit dem Herz aus Gold. Immerhin sind sie Juristen. Auch wenn sie noch nie einen Zeugenstand aus der Nähe gesehen haben, hätte Paul von ihnen erwartet, dass sie eine dünne Beweislage von einem Lügenmärchen unterscheiden können.

»Wie hieß denn der Sohn?« Christas Stimme klingt jetzt wieder fester, ihre Neugier keineswegs gespielt.

Erwartungsvolle Blicke richten sich wie Scheinwerfer auf Isabel. »Ach«, beginnt sie, und in ihrem Blick funkelt bereits das Rauschgold des nahenden Triumphs, der flirrende Schein der Genugtuung. »Hab ich das noch gar nicht erzählt?«

Sie steigt von ihrem Hocker wie von einem Siegertreppchen. Ähnlich beschwingt muss Vermeer eines Morgens aus seinem Atelier hinausgetreten sein und Frühstück verlangt haben, nachdem er die ganze Nacht hindurch ein argloses Bauernmädchen mit einem Perlenohrgehänge porträtiert hat.

»Er hieß Joseph.«

»Josef«, echot der Wirt, wobei er Isabels übertrieben französische Aussprache des Namens einfach ignoriert. »Er hieß wirklich Josef? Genau wie Viktors Vater?«

14

Leb wohl, Arschloch!

Als sich am Morgen in aller Frühe die Tür zur Kapelle öffnete, drang fröhliches Vogelgezwitscher vom Friedhof in das Innere des Gebäudes. Über den Holzbänken lag noch die feuchte Kühle der Nacht, wie Tau auf einer frisch gemähten Wiese. Das Licht der aufgehenden Sonne, das seitlich durch die Bleikristallfenster hineinfiel, teilte das rechteckige Schiff in zwei Schichten. Das Christuskreuz, hoch oben an der Stirnwand, sonnte sich bereits im warmen Morgenlicht, das vom Schwarzlot einer Madonnendarstellung vielfarbig gebrochen wurde. Die kleine Empore darunter, auf der neben einem einfachen Steinaltar der Sarg mit dem Leichnam aufgebahrt worden war, befand sich dagegen noch im Halbdunkeln.

Isabel war am Eingang stehen geblieben, den Rücken gegen die schwere Eisentür gedrückt, die nahezu geräuschlos zurück ins Schloss gefallen war. Sie trug abgetragene Sportschuhe und einen hellgrauen Jogginganzug, unter dessen Reißverschluss ein vom Schweiß verfärbtes Sportbustier hervorlugte. Zögernd sah sie sich um. Sie hatte wenig Lust, dem Küster zu begegnen, der erst wenige Minuten zuvor die Eingangstür entriegelt und Gesangsbücher auf den Holzbänken verteilt hatte.

Isabels Schritte quietschten auf dem polierten Steinboden. Auf Zehenspitzen schlich sie den schmalen Mittelgang entlang zum Sarg. Ihr Kopf wurde von Sonnenstrahlen erfasst, als sie den Absatz der Empore erreichte. Ihr verschwitztes Haar, das am Hinterkopf von einem einfachen Gummiband zusammengehalten wurde, glänzte, als tauche ihr Kopf aus der dunklen Tiefe eines Sees auf. Vor dem Sarg hielt sie inne. Mit ihren Fingern fuhr sie die feine Maserung des Eichenholzes ab. Dabei blickte sie erneut zur Eingangstür. Während eines Museumsbesuchs vor einigen Jahren hatte sie einmal ähnlich verstohlen über ihre Schulter gesehen, kurz bevor sie ihre Hand an eine antike chinesische Vase legte. Viktor hatte sie damals fotografiert, womit sie den Zorn einer Aufseherin auf sich gezogen hatten, einer zierlichen französischen Austauschstudentin mit aufbrausendem Temperament, die Viktor einige Tage später noch einmal aufsuchen sollte, um sie zu einem Kaffee nach Dienstschluss einzuladen. Sie könne sich einfach nicht vorstellen, dass die Vase echt sei, hatte Isabel damals gesagt. Bei dem Wörtchen »echt« flammte der Blitz an Viktors Kamera auf, und Isabels Wangen behielten für alle Zeit die geschwungene Form eines Flakons. Damals wie heute betrachtete sie anschließend ihre Fingerkuppen, als sei darauf der Staub einer jahrtausendealten Keramik oder, so wie jetzt, die künstliche Patina einer Eichentruhe, dessen mit Blumen dekorierter Deckel sich keinen Millimeter öffnen ließ.

»Verdammt«, zischte Isabel und verfluchte ihren Entschluss, bereits am Vortag anzureisen. Auf ihrer Morgenrunde war sie am Friedhof vorbeigejoggt. Auf gut Glück hatte sie die gusseiserne Klinke der Kapelle heruntergedrückt. Erstaunt, wie glatt alles bis dahin gelaufen war, nahm sie all ihren Mut zusammen und versuchte, den massiven Holzdeckel anzuheben. Vergeblich. In der Nacht zuvor hatte sie lange wach gelegen und sich ausgemalt, welcher Anblick sie darunter erwarten würde. Sie hatte sich eine Leiche ohne Kopf vorzustellen versucht, die Austrittswunde eines Jagdgewehrs am Hinterkopf. Heute Morgen beim Aufwachen durchzuckte sie gar der Gedanke, Viktors Sarg könne leer sein. Jetzt stand sie etwas unschlüssig vor der verschlossenen Truhe. In ihrer Hand hielt sie ein mit Acrylfarben bemaltes Stück Karton von der Größe einer Postkarte, das sie vorsichtig aus ihrer Trainingsjacke hervorgeholt hatte.

»Was mache ich eigentlich hier?«

Das Bild auf dem Karton zeigte im Hochformat die Konturen eines nackten Männertorsos, der gegen die Kopfkissen eines französischen Bettes gelehnt war. Das Gesicht war kaum zu erkennen, es war von dichten, übergroßen Rauchschwaden verdeckt. Mit weißen Blitzern durchzogene Spitzen erinnerten auf den ersten Blick an ein Geweih oder an die Hörner eines Ziegenbocks. Wenn man jedoch genauer hinsah, waren in den geschwungenen Umrissen des Rauchs die Konturen eines Gesichts zu erkennen. Unterhalb der Taille zerfloss der Körper dann in den unruhigen Linien einer aufgewühlten Bettdecke, auf der eine überdimensionale, realistisch gezeichnete Hand ruhte, am Ringfinger einen glimmenden Zigarettenstummel.

Die dilettantische Farbauswahl und der hektische, an manchen Stellen unsichere Pinselstrich waren unübersehbar. Das Werk einer Anfängerin, ambitioniert zwar, mit viel Eifer und Herzblut gemalt, aber doch eben nichts weiter als die kitschigen ersten Gehversuche einer mäßig talentierten Malerin. Isabel rümpfte die Nase. Kein Wunder, dass sie es nie jemandem gezeigt hatte.

Ein Geräusch außerhalb der Kapelle ließ sie zusammenfahren. Konnten das schon die ersten Trauergäste sein? In Sekundenschnelle hatte sich Isabel in der vordersten Bankreihe versteckt. Sie kam sich dumm und töricht vor, während sie geduckt auf die Unterseite der Holzbank starrte, in die jemand, gleich neben einem bläulich schimmernden Kaugummirest, ein Herz mit der Inschrift *Peter + Daniela* eingeritzt hatte. Wenn dich jetzt jemand sieht, dachte sie, wie du hier auf deinen Knien herumrutschst, mit pochendem Herzen, wie ein Teenager mit einem blassrosa Liebesbrief in der Hand. Wie demütigend all das war, wie kindisch und kilometerweit unter ihrer Würde. Sie war doch hier, um Abschied zu nehmen, um ein für alle Mal einen Schlussstrich zu ziehen.

Vorsichtig steckte sie den Kopf aus der Bank und lauschte. Nichts rührte sich. Nach einer Weile stand Isabel auf und ging zurück auf die Empore. Ein letztes Mal untersuchte sie den Sarg auf eine Öffnung, fuhr mit dem Finger die Ritze zwischen Sarg und Deckel entlang, fasste mit der Hand unter den Sarg, soweit es die gut zehn Zentimeter hohen, geschwungenen Füße zuließen. Schließlich schob sie den Karton unter das Lilienbouquet auf dem Deckel und zupfte verzweifelt daran herum. Ganz gleich, wie man die Blumen arrangierte, bei genauerem Hinsehen würde immer ein Teil des Bildes zu erkennen sein, vor allem draußen, bei Tageslicht. Entnervt gab sie schließlich auf. Sie hätte es einfach wegwerfen sollen, durchfuhr es sie. Sie hätte dieses verdammte Ding schon vor Jahren wegwerfen sollen.

Isabel wandte sich bereits zum Gehen. Auf Höhe der ersten Bankreihe blieb sie jedoch erneut stehen und drehte sich um. Einige Sekunden stand sie so da und betrachtete nachdenklich den Sarg. Dann bückte sie sich rasch hinunter in die erste Bankreihe, langte unter die Holzbank und tastete mit den Fingern nach dem Kaugummi darunter. Angeekelt, das blaugraue Klümpchen am ausgestreckten Arm und mit gespreizten Fingern von sich weg haltend, lief sie zurück zur Empore, wo sie den Karton mithilfe des Kaugummis auf der Unterseite des Sargs befestigte. Sie trat einen Schritt zurück und lächelte zufrieden.

»Leb wohl, Arschloch!«

Mit einem lang gezogenen Quietschen machte sie auf dem Absatz kehrt und beeilte sich, rasch und ungesehen die Kapelle zu verlassen. Auf dem Vorplatz war noch immer keine Menschenseele zu sehen. Ein Schild mit der Aufschrift *Verabschiedungsraum* zeigte einen kleinen Weg entlang, der hinter die Kapelle führte. Sie sah hinüber zum Friedhof, lauschte dem leisen Rauschen der Bäume, die aus den Gräbern empor in den Himmel ragten, und atmete tief durch. Nur noch wenige Stunden, dann würde Isabel an genau derselben Stelle aus dem Taxi steigen, mit einem entschuldigenden Lächeln auf den Lippen und der für sie typischen Verspätung, um ein allerletztes Mal ihrer Vergangenheit zu begegnen. Danach würde sie einen Schlussstrich ziehen, unter Viktor, unter ihre lächerlichen Freunde, unter ihr ganzes bisheriges Leben.

Nachdem sie sich wieder in Bewegung gesetzt hatte, spürte sie, wie leicht ihr die Beine wurden, mit jedem Schritt, den sie sich von der Kapelle entfernte. Auf der Hauptstraße kam ihr ein Taxi entgegen. Es näherte sich sehr schnell, und Isabel wagte kaum, den Kopf zu heben, als es an ihr vorbeifuhr. Dennoch war sie sich danach absolut sicher, durch eines der Fenster das Gesicht eines Jungen erkannt zu haben, nicht irgendeines Jungen, sondern das von Marco, Christas und Pauls Sohn. Für eine Sekunde wunderte sie sich darüber, dass sie ihn überhaupt erkannt hatte. Dann verwarf sie den Gedanken wieder. Ihre Augen mussten ihr einen gehörigen Streich gespielt haben. Nicht nur, dass es unmöglich Marco gewesen sein konnte, der staunend und auch etwas ängstlich aus dem Seitenfenster gestarrt hatte. Soweit sich Isabel erinnern konnte, hatte der Junge Viktor nie in irgendeiner Weise ähnlich gesehen – jedenfalls nicht so sehr wie in diesem flüchtigen Moment.

15

Wie konnte ich nur so bescheuert sein?

»Ob er es die ganze Zeit gewusst hat?«

»Wer? Viktor?«

Christa spürt den durchdringenden Blick ihrer Freundin. Diesen Stell-dich-nicht-dümmer-als-du-bist-Blick, den Isabel im Lauf der Jahre perfektioniert hat. Aber da ist noch etwas anderes, neben Argwohn und Ungeduld. Ist es Mitleid? Scham? Oder bloß Zufriedenheit? Bist du nun endlich zufrieden, Isabel? Christas Augen verengen sich. Es ist Unsicherheit. Je länger ihr Christa eine Antwort schuldig bleibt, desto deutlicher ist es zu erkennen. Ihr dämliches Grinsen. Als balanciere Isabel es bloß auf ihrem dünnen Hals, als könne Christa es mit einem einzigen Wort von ihren Schultern fegen.

»Nein«, sagt sie schließlich, »ich denke nicht.«

»Natürlich nicht.« Pauls Empörung ist längst in Sarkasmus umgeschlagen. Seine Frau hat offenbar vor, einen Rückzieher zu machen. »Sonst hätte er das Geld wohl kaum Uwe gegeben«, fährt er fort. »Sondern diesem Joseph.« Den Namen des Jungen spricht Paul wie eine seltene Insektenart aus. Seine Zweifel an Isabels abstruser Geschichte werden von den anderen weiterhin überhört. Oder einfach weggewischt, wie ein Spritzer Mayonnaise auf einer Plastiktischdecke. Für jede Ungereimtheit haben Ronno und Uwe eine mehr oder weniger plausible Erklärung. »Mit der Post, natürlich«, ruft Ronno, als Paul wissen will, wie denn der Kranz von Warschau hierhergekommen sein soll. Dabei lächelt Ronno, als habe Paul es nur noch nicht begriffen. Ronno hat irgendetwas vor, davon ist Paul überzeugt.

Ronno hat etwas vor, so viel ist Paul inzwischen klar. Ronno mag ein Ignorant sein, ein unsensibles Arschloch, aber er ist kein Idiot. Was Uwe angeht, ist sich Paul da nicht mehr so sicher. Christa schweigt beharrlich. Die Chance, reinen Tisch zu machen, ist ohnehin verpufft wie eine Fehlzündung, nur ohne den obligatorischen Knall. Pauls Gesicht wirkt, als stecke es auf einem Schuhspanner. Es wird Zeit, dieser Farce ein Ende zu machen.

»Vielleicht sollten wir mal klären, woher das Geld eigentlich stammt«, richtet sich Paul an Ronno. »Der Viktor, den ich kannte, der war meistens ziemlich pleite.«

»Woher willst du das wissen?«, fragt Uwe. »Hast du noch immer nicht kapiert, dass wir viel weniger wissen, als wir dachten?«

Paul blickt ihn ungerührt an.

»Glaub mir, Uwe! Ich weiß es. Warum sonst hätte er sich ständig Geld bei mir leihen sollen?«

»Du hast ihm Geld geliehen?«, fragt Christa.

Paul nickt.

»Wie viel?«, will Uwe wissen. Erst vor Kurzem war er selbst durch eine Steuernachzahlung finanziell in Bedrängnis geraten. Auch er hatte überlegt, einen seiner Freunde anzupumpen. Und auch seine Wahl war dabei auf Paul gefallen.

»Immer mal wieder kleine Beträge«, antwortet dieser jetzt, als wisse er es nicht mehr genau. »Mal fünfhundert, mal tausend Euro. Mal etwas mehr. Einmal zweieinhalbtausend, vor ein paar Jahren.«

Ohne mit der Wimper zu zucken, hatte Paul das Geld herausgerückt. Er fragte Viktor nicht einmal, wofür er es brauchte.

»Woher hattest du denn das Geld?«, fragt Christa verwundert. Seit ihrer Heirat führen die beiden ein gemeinsames Konto.

»Vielleicht hat dein Mann ja auch eine Pappschachtel unter dem Bett stehen«, sagt Ronno und lacht. Es ist ein schallendes Hahaha. Zum ersten Mal an diesem Abend wirkt auch er betrunken.

»Vom Sparbuch der Kinder«, antwortet Paul wahrheitsgemäß. Als er den ungläubigen Blick seiner Frau erwidert, errötet er leicht. Es ist der erste Augenkontakt der beiden, seit sie von draußen zurück in die Kneipe gekommen sind.

»Von den Sparbüchern? Spinnst du?«

Christa ist vor allem überrascht. Das hätte sie Paul nicht zugetraut. Erst im zweiten Moment mischt sich in die Verwunderung das Gefühl von Verrat. Ein kleiner Verrat, sicher, verglichen mit dem ihren. Dennoch fühlt sich Christa jetzt von ihrem Mann hintergangen. Sie steht auf. Die Hände in die Hüften gestemmt, überragt sie ihren Mann. Nicht zuletzt wegen der Schuhe, die sie trägt und die Viktor ihr damals mit den Worten »Die werden Paul bestimmt auch gefallen« gekauft hat.

»Es ist alles längst wieder beglichen, Christa.«

Viktor hatte mit Paul vereinbart, dass er ihm das Geld in kleinen Raten zurückzahlt. Nachdem die ersten Raten jedoch ausgeblieben waren, begann Paul heimlich, bei größeren Anschaffungen, beim Kauf einer Stereoanlage etwa oder bei der Bestellung eines neuen Anzugs, kleinere Summen Bargeld abzuzweigen, um die Fehlbeträge auf den Konten der Kinder zu decken. Anfangs bewahrte er das Geld tatsächlich in einer Kaffeedose im Arbeitszimmer auf. Ronno lag also gar nicht so falsch mit seiner Vermutung.

»Dann hat er das Geld von dir?«

Paul schüttelt entschieden den Kopf. Dabei spürt er schon wieder einen leichten Schwindel.

»Es ist von dir, Ronno! Stimmt's?«

Ronno verschluckt sich an seinem Bier, als würde er verdorbene Milch trinken.

»Wie kommst du denn darauf?«

»Ganz einfach: Es ist das Geld, das bei deiner Pleite vor ein paar Jahren übrig geblieben ist.«

»Übrig geblieben?« Ronno lacht. »Da ist nichts übrig geblieben.«

»Also ich verstehe nur noch Bahnhof«, sagt Uwe.

»Es galt damals als sicher, dass du etwas zur Seite gelegt hast.«

»Ich habe keine Ahnung, wovon du redest, Paul.«

»Vorhin ist es mir wieder eingefallen«, erklärt Paul, mehr für die anderen. »Vor ein paar Jahren war ich mit einem neuen Kollegen auf Geschäftsreise. Er kam von der Kanzlei, die mit der Insolvenz deiner Firma betraut war. Er wusste nicht, dass ich dich kannte, daher war er sehr offen. Sie vermuteten damals, dass du etwa eine Viertelmillion beiseitegeschafft hast. Da haben sie wohl gar nicht so schlecht gelegen, oder?«

Ronno hebt die Augenbrauen.

»So, so«, murmelt er. »Auf Geschäftsreise.«

Paul krempelt die Ärmel seines Hemdes hoch.

»Ja. Er sagte auch, du hättest damals die meisten Arbeitsplätze retten können.«

»Ach? Das hat er gesagt?«

»Ja, das hat er gesagt.«

»Pfff«, entfährt es Ronno. »Das ist ja mal wieder typisch. Diese dummen Wichtigtuer aus der Kanzlei mit ihrer bodenständigen Heuchelei. Die haben damals bloß auf ihrem Arsch herumgesessen und mir auf ein Flipchart gemalt, was ich alles hätte besser machen können.«

»Hättest du denn etwas besser machen können?«

Paul gefällt sich in der Rolle des Staatsanwaltes. Umso mehr, da sich der Angeklagte provozieren lässt.

In den Gerichtsserien, die Christa manchmal schaut, steht ein Geständnis dann unmittelbar bevor.

»Keine Ahnung«, antwortet Ronno. »Das hättest du besser deinen oberschlauen Kollegen fragen sollen.«

»Hast du es denn überhaupt versucht?«

»Was soll das werden, Paul? Bist du jetzt auch noch so eine Art Verhörspezialist? Was willst du denn hören? Dass ich artig in der zweiten Klasse geflogen bin? Dass ich auf Gehalt verzichtet habe, um die Firma zu retten?«

»Hast du oder hast du nicht?«

»Nein, habe ich nicht.« Ronno schlägt wieder mit der flachen Hand auf den Tresen. »Warum hätte ich das tun sollen? Um ein halbes Jahr später trotzdem Pleite zu machen, dann aber mit einem Arsch voller Schulden?«

Niemand antwortet ihm.

»Ihr Anwälte habt immer gut reden. Es war *meine* Firma, *mein* Geld. Zwei Jahre vorher hätte ich das ganze Ding für das Doppelte verkaufen können. Aber ich Idiot habe die Firma behalten, habe immer mehr Leute eingestellt. Leute, die vorher über mich gelacht haben. Einen Dreck haben die sich darum geschert, als ich kurz vor der Pleite stand. Einige haben mich später sogar verklagt und verlangt, dass ich ihnen ihre völlig überzogenen Gehälter weiter bezahle. Irgendwann ist eben mal Schluss und der Geldhahn zu.«

Er leert sein Glas in einem Zug.

»Man wird doch wohl noch seine eigene Haut retten dürfen«, sagt er danach mit krächzender Stimme.

Auch Ronno hatte von Viktors notorischen Geldsorgen gewusst. Erst einige Wochen zuvor hatte Viktor ihn angerufen und um eine kleine Finanzspritze gebeten. Im Gegensatz zu Paul hatte sich Ronno jedoch geweigert. Er stünde selbst kurz vor der Pleite. Eine Woche später jedoch meldete sich Ronno zurück und sagte, er wüsste vielleicht eine Möglichkeit. Viktor und er verabredeten sich für den darauffolgenden Tag in der Lobby eines großen Hotels. Die Heimlichtuerei, der konspirative Treffpunkt, Viktor war sofort klar, dass Ronno ihm ein krummes Geschäft vorschlagen würde. Viktor hatte kein Problem damit. Im Gegenteil, er hoffte sogar, dass etwas für ihn dabei herausspringen würde.

Mit dem Fuß schob ihm Ronno eine Tasche unter dem Tisch hindurch. Viktor sollte sie für ihn aufbewahren. Ronno war nervös und blickte sich immer wieder um, als er auf das Geld in der Tasche zu sprechen kam. Viktor sollte das Geld in kleinen Beträgen auf ein Konto einzahlen. Ronno erhielt eine Karte, um damit Geld abzuheben. »Ich vertraue dir, Viktor«, sagte er, und seine Stimme klang dabei ebenso unseriös wie die ganze Sache mit der Tasche und dem Hotel. Ronno vertraute damals längst niemandem mehr.

»Ich weiß«, antwortete Viktor unsinnigerweise. Dabei hätte er wohl eher Danke sagen sollen.

Kurz darauf meldete Ronno Insolvenz an. Die Tasche in Viktors Wohnung war jetzt alles, was er noch besaß. Dementsprechend nervös wurde er, wenn es um das Geld ging. Einmal hatte Viktor vergessen, rechtzeitig frisches Geld auf das Konto zu überweisen. Ronnos Karte versagte ihren Dienst. Sofort rief er bei Viktor an und ließ ihn noch in derselben Nacht in einem Restaurant antanzen, wo er mit einer aufgetakelten Blondine beim Tiramisu saß. Die stark angetörnte Frau hielt Viktor offensichtlich für einen Dealer und kicherte die ganze Zeit, während er sich an ihren Tisch setzte, um Ronno die gewünschte Menge Bargeld zuzustecken. »Endlich kommt der Nachschub«, krakeelte die Frau durch den Laden und stupste sich dabei immer wieder mit dem Zeigefinger gegen die Nase. Sogar Ronno war der Auftritt peinlich.

Alle paar Monate rief er an und ging Viktor mit neuen Anlageideen auf die Nerven. Mal sollte er Aktien einer Sportwettenfirma kaufen, mal einen Teil des Geldes in Immobilienfonds oder Staatsanleihen investieren. Zeitweise besaßen sie zwanzigtausend kanadische Dollar. Viktor war sich sicher, dass Ronno längst den Überblick verloren hatte. Er begann Geld abzuzweigen, anfangs kleinere Summen, später dann immer mehr. Regelmäßig zeigte er Ronno Buchungs- und Einzahlungsbelege, nur waren diese immer häufiger nicht mehr wert als ein paar ungedeckte Schecks. Einzig die monatliche Einzahlung auf das Konto erfolgte nach wie vor zuverlässig. Seinen persönlichen Geldautomaten nannte ihn Ronno manchmal, wenn er eine außerplanmäßige Barauszahlung wünschte, etwa für die gemeinsame Reise nach New York. Ein nicht unerheblicher Teil des Geldes befand sich auch nach Jahren noch in der Tasche in Viktors Wohnung.

Eine Zeit lang spielte Viktor mit dem Gedanken, seine Schulden bei Paul zu begleichen. Er begnügte sich dann aber damit, ihn auf absehbare Zeit nicht mehr anzupumpen. Schließlich war er jetzt selbst eine Bank. Und innerhalb kürzester Zeit wurde er sein bester Kunde. Niemand bemerkte etwas. Wenn er und Ronno so weitergemacht hätten, sie hätten beide noch einige Jahre von dem Geld leben können.

Vor vier Wochen jedoch wollte Ronno mehr als nur eine außerplanmäßige Auszahlung. Er wollte sein Geld zurück. Und zwar die ganze Summe, abzüglich der vielen kleinen Sonderauszahlungen, über die Ronno, zu Viktors Überraschung, penibel genau Buch geführt hatte.

Das würde einige Tage dauern, behauptete Viktor. Ein Teil des Geldes sei zudem langfristig angelegt, da komme er nicht sofort heran. Mehrmals vertröstete er Ronno, bis dieser schließlich misstrauisch wurde. Zu Recht, wie Ronno vor wenigen Stunden erfahren musste. Er hatte in erstaunlicher Weise die Contenance bewahrt, als Uwe die hundertfünfzigtausend Euro erwähnte. Nicht nur, dass Viktor das Geld, das unzweifelhaft Ronnos Geld war, nicht ihm, sondern Uwe geschickt hatte. Viel schlimmer war, dass es nur noch knapp ein Viertel der Summe war, die er Viktor einige Jahre zuvor unter dem Kaffeetisch der Hotellobby zugeschoben hatte.

Als Ronno vor drei Tagen von Viktors Tod erfuhr, geriet er sofort in Panik. Wie sollte er jetzt an sein Geld kommen? Noch in Trainingsklamotten rief er bei Viktors Mutter an – gerade einen Tag, nachdem sie ihren Sohn gefunden hatte – und erkundigte sich, ob es ein Testament gebe.

»Vielleicht liegt es ja in seiner Wohnung«, sagte sie gepresst. Bei dem Wort »Testament« hatte sie zu schluchzen begonnen. »Wenn Sie wollen, können Sie den Schlüssel haben.«

Ronno setzte sich sofort ins Auto. Am Abend war er bei Viktors Mutter in der Küche und tröstete sie, half ihr geduldig bei einigen Formalitäten und bot ihr schließlich an, mit ihr in die Wohnung zu fahren. Als Viktors Mutter dies ablehnte – das brauche wohl noch etwas Zeit, hatte sie gesagt und erneut zu weinen begonnen –, ging Ronno allein in Viktors Wohnung und begann, fieberhaft nach Bargeld, Kreditkarten, nach irgendeinem Beleg für sein Geld zu suchen. Aber er fand nichts. Auch von der Tasche fehlte jede Spur.

»Also, ich verstehe überhaupt nichts mehr«, sagt Uwe. »Dann war das dein Geld, Ronno?«

»Gut kombiniert, Grisham!«

»Aber warum hat er es dir dann nicht zurückgegeben? Warum hat er es mir gegeben?«

»Das wüsste ich auch gern«, brummt Ronno und starrt nachdenklich auf sein Bier. »Vor allem würde ich gern wissen, was mit dem Rest passiert ist. Es war viel mehr.« Er wirft Paul einen triumphierenden Blick zu: »Über eine halbe Million, falls es dich interessiert.«

»Vielleicht gibt es ja noch einen Karton mit Geld«, denkt Uwe laut nach. »Womöglich bei seinem Vater.«

»Dummes Zeug«, schneidet ihm Ronno das Wort ab. »Er hat es verprasst. Ganz einfach. Deshalb konnte er sich das auch alles leisten, die Wohnung, den Scheißtrip nach New York. Und darum konnte er es mir auch nicht zurückgeben, als ich es wiederhaben wollte.«

»Du wolltest es zurückhaben?«

»Vor ein paar Wochen, ja.« Ronno ballt seine Faust. Er schlägt damit auf die Theke und, ebenso wütend und hart, gegen seine Stirn. »Ich Vollidiot!«, brüllt er. »Ich verdammter Vollidiot! Wie konnte ich nur so bescheuert sein?«

Dann verstummt er und starrt eine Weile trübsinnig vor sich hin. An Pauls gerötetem Kopf vorbei, in den Teil der Kneipe, der völlig im Dunkeln liegt.

»Also, ich brauche jetzt noch ein Bier«, sagt Uwe. »Wie steht's mit euch?«

Alle nicken betreten. Krämer hat bereits damit begonnen, die leeren Gläser abzuräumen. Als er vor Ronno steht, langt er zaghaft nach dessen Glas, als nehme er einer verwundeten Löwenmutter ihr Junges.

»Und für Ronno gleich noch einen Schnaps«, ordert Uwe.

Der Wirt nickt.

»Ich glaube, wir können alle noch einen Schluck vertragen.«

16

Komm zur Sache, Uwe!

»Jemand müsste sich mal um die Musik kümmern.«

Uwes Blick fällt auf Christa. Sie nickt und setzt sich sofort in Bewegung, ein wenig zu schwungvoll vielleicht, aber ohne den obligatorischen Seitenblick zu ihrem Mann, mit dem sich die beiden sonst vor jedem Schluckauf verständigen. Breitbeinig steht sie an der Wurlitzer. Sie schwankt leicht, während sie ein Gefühl der Geborgenheit durchströmt. Falco, Tina Turner und Udo Jürgens heißen hier noch »Interpreten«.

Die neue Runde steht bereits an seinem Platz. Ronno erhebt sein Schnapsglas als Erster.

»Dieser Mistkerl hat uns alle mächtig verarscht, was?«

Dabei sieht er Paul direkt in die Augen. Isabel, die den Blickwechsel der beiden Männer beobachtet, verschluckt sich und beginnt fürchterlich zu husten. Als habe sie sich ihren Korn versehentlich in die Luftröhre gekippt. Ihr schlanker Körper krümmt sich, und ihre Hand flattert durch die Luft. Halt suchend findet sie schließlich Pauls Unterarm, der noch immer blass und verschwitzt aus seinem aufgekrempelten Hemd hervorlugt.

Paul lässt sich nichts anmerken. Aber Isabels plötzliche Berührung, ihre weichen Fingerkuppen, die kurz und elektrisierend über seine Haut streichen, bringen ihn für einen Moment aus der Fassung. Er dreht sich zu ihr und klopft ihr behutsam auf den Rücken. Beinahe ehrfürchtig platziert er seine Hand zwischen ihren Schulterblättern. Über fünfzehn Jahre war das jetzt her, dass seine Hand schon einmal dort lag. Damals, auf dieser Hütte in Crans-Montana. Dort hatte es nur zwei Schlafzimmer gegeben, daher gesellte sich Isabel kurzerhand zu Paul und Christa ins Bett. Paul hatte die Witze und Anspielungen der anderen Männer großspurig ignoriert, dennoch lag er fast die ganze Nacht wach und betrachtete die beiden auf dem Bauch liegenden Frauen im Bergleuchten der Schweizer Alpen. Vor dem Einschlafen hatten sie laute Sexgeräusche gemacht, um die Männer im Raum nebenan zu ärgern. Sie wälzten sich hin und her. Das Bett quietschte, und Christa und Isabel überboten sich darin, übertriebene Stöhnlaute zu imitieren. Anschließend erstickten sie ihr albernes Kichern in einem Kissen. Paul machte mit. Dabei schämte er sich für seine Erregung. Die Frauen setzten sich kichernd auf alle viere und rieben ihre Körper aneinander. Sie warfen ihm Blicke über die Schulter zu, als warteten sie nur darauf, dass er den Anfang machte. Aber Paul wagte es nicht. Er begnügte sich damit, leise vor sich hin zu stöhnen. Eine Weile hoffte er, Christa würde ihn erhören, ihn zu sich heranziehen und seine Hand schließlich auch auf Isabels ausgestreckten Hintern führen. Aber nichts dergleichen geschah. Die beiden Frauen verloren irgendwann die Lust an ihrem harmlosen Spielchen und schliefen wenig später ein. Gleichmäßig hoben sich ihre Rücken, die von ihren Spaghettitops nur zur Hälfte bedeckt waren. Paul hatte das Gefühl, es vermasselt zu haben. Mitten in der Nacht langte er über den Körper seiner Freundin hinweg. Seine Hand passte exakt zwischen Isabels Schulterblätter. Er spürte ihre warme Haut, den Schlag ihres Herzens darunter, und er nahm sich vor, in der zweiten Nacht weniger hasenfüßig zu sein. Doch dazu kam es nicht. Am Samstag lagen Paul und Christa allein in ihrem Bett und hörten mit an, wie Isabel und Uwe in der Küche herumpolterten.

Isabel räuspert sich. Unmissverständlich deutet sie auf Pauls Hand, die noch immer auf ihrem Rücken ruht, als wolle sie dort den kommenden Winter verbringen Es ist ein schöner Rücken, denkt Paul, damals wie heute. Schmal und kräftig, stets unter Spannung. Selbst als Christa neben ihm zurück auf ihren Hocker klettert, nimmt Paul seine Hand nicht weg.

Isabel hustet erneut, lehnt sich gegen Paul. Verdutzt bemerkt sie eine leichte Erhebung in seiner Anzughose. Als sich ihre Blicke treffen, lächelt sie beinahe gerührt. Paul hält ihrem Lächeln stand, statt sich zu schämen und ihm hastig auszuweichen. So wie damals in Crans-Montana, als sie plötzlich die Augen aufschlug, nachdem er ihr fast eine halbe Stunde über den Rücken gestreichelt hatte. Isabel prostet ihm zu. Paul ist ihr seit Jahren nicht mehr so sympathisch gewesen.

»Auf Viktor, diesen Mistkerl!«, ruft Ronno den anderen entgegen und reckt sein Glas in die Höhe. »Diesen verfluchten Mistkerl!«

Paul erhebt ebenfalls sein Glas, wie um einen Vertragsabschluss zu feiern. Nur Uwe zögert.

»Ich glaube trotzdem nicht, dass er es wegen des Geldes getan hat.«

»Das will ich hoffen«, erwidert Ronno.

Uwe schüttelt den Kopf.

»Aber er hat sich doch nie etwas aus Schulden gemacht.« Er sieht zu Paul, erhält aber keinerlei Unterstützung. »Deswegen bringt man sich doch nicht einfach um. Wegen der paar Piepen!«

»Wegen der paar Piepen?« Ronno lässt empört das Glas sinken. Ausgerechnet Uwe muss das sagen. Diese Flasche, die selbst nie einen Cent besessen hat. »Du hast es immer noch nicht begriffen, wie? Du denkst immer noch: Der Arme hat nicht mehr leben wollen, der gute, alte Viktor!« Ronno schüttelt wütend den Kopf. »Er hat uns alle von vorn bis hinten verarscht. Kapierst du das nicht? Ich will überhaupt nicht wissen, warum er sich umgebracht hat. Gründe dafür gab es jedenfalls genug.«

»Ich will es aber wissen«, entgegnet Uwe trotzig. »Es muss doch noch eine andere Lösung geben als dein Scheißgeld.«

»Was denn für eine andere Lösung? Das hier ist kein Quiz, Uwe! Wir sitzen hier seit Stunden herum, wie Schuljungen, die das Ende eines Films nicht geschnallt haben.« Fahrig deutet Ronno an die Decke des Raums.

»Wenn Viktor uns jetzt so sehen könnte, er würde sich schön ins Fäustchen lachen.«

»Ihm dürfte eher zum Heulen zumute sein«, sagt Uwe mit einem leichten Flattern in der Stimme. »Schaut euch doch nur mal an!«

»Oje! Nicht schon wieder«, seufzt Isabel und wirft dem Wirt einen leidgeprüften Blick zu. Dabei kann sie es sich nicht verkneifen, kleine Gänsefüßchen in die Luft zu machen.

»Schon gut, Isa«, wehrt Uwe ab, bevor sie noch etwas sagen kann.

»Was denn?«, fragt Ronno scharf nach.

Isabel legt den Kopf zur Seite. Wie eine Petze nach getaner Arbeit. Den Rest soll Uwe selbst erzählen.

»Vor ein paar Monaten, einige Tage bevor wir alle zusammen nach Warschau gefahren sind, war Viktor noch einmal bei mir im Laden. Ich hatte ihn eine Ewigkeit nicht gesehen. Ihr wisst ja, wie er war. Er konnte sich ziemlich oft rarmachen, wenn er wollte. Eine Weile plauderten wir über dieses und jenes, über den Laden, über den bevorstehenden Besuch bei dir, Isa, das Übliche halt.«

Ronno blickt ihn ungerührt an.

»Komm zur Sache, Uwe!«

»Er sah so müde und abgekämpft aus. Irgendetwas

an ihm war seltsam an diesem Abend. Dauernd stellte er mir Fragen, ohne jedoch eine Antwort abzuwarten, oder er begann einfach von etwas anderem zu erzählen. Ich habe überhaupt nicht kapiert, was er von mir wollte. Irgendwann sah er mich plötzlich an und fragte geradeheraus, ob ich glücklich sei.«

»Und was hast du geantwortet?«

Uwe blickt auf seine Zigarette, als falle es ihm schwer, sich an seine Antwort zu erinnern.

»Keine Ahnung«, sagt er schließlich. »Dass die Frage schwierig zu beantworten sei.«

»Und dann?«

»Dann fing er an zu weinen. Ehrlich! Ich hatte ihn vorher noch nie weinen sehen. Ich dachte erst, er verarscht mich.«

»War er betrunken?«

»Nicht, dass ich wüsste. Und selbst wenn, was spielt das für eine Rolle?«

Uwe trinkt einen Schluck Bier.

»Ich erzählte ihm, dass ich oft einsam sei und mein Leben manchmal verfluchen würde. Ich wollte ihn ein wenig aufbauen.«

Ronno kneift die Augen zusammen.

»Also für mich klingt das eher deprimierend.«

»Was hat er denn dazu gesagt?«, will Christa wissen.

»Das ist ja das Seltsame. Gar nichts hat er dazu gesagt. Er wischte sich bloß die Tränen aus dem Gesicht und fing an, von etwas völlig anderem zu reden. Von einem Film, den er kürzlich gesehen hatte, irgendetwas Französisches mit Gérard Depardieu.«

»Ist das alles?« Ronno trommelt mit den Fingern auf einem Bierdeckel herum.

»Du hättest ihn mal sehen sollen, Ronno. Der Typ war völlig fertig. Er hat geheult wie ein kleines Kind und geredet wie ein Irrer. Am Ende hat er keinen zusammenhängenden Satz mehr herausgebracht. Ständig stand er auf und ging zu einem der Buchregale, dann setzte er sich wieder hin, jedes Mal auf einen anderen Platz. Und dazu dieser Blick, dieser nervöse, hin und her wechselnde Blick. Als ob er etwas suchte.«

»Komisch«, sagt Ronno skeptisch, »in Warschau schien er wieder ganz normal gewesen zu sein.«

»Ob er damals schon gewusst hat«, fragt Christa in die Runde, »dass wir uns nie wieder sehen werden? Er war schon irgendwie merkwürdig, findet ihr nicht?«

»Unsinn«, entgegnet Ronno, »Viktor war wie sonst auch. Nachher kann man immer behaupten, man hätte etwas geahnt.«

Für einen Moment denken alle an den Winter zurück, an die Fahrt nach Warschau, an Ronno, der in jedem zweiten Satz seine Sorge um die Autos äußerte. An Uwe, der mit einer Magen-Darm-Verstimmung angereist war und sich die ersten Tage im Hotel nur von Zwieback und klarer Brühe ernährte. Und natürlich an Isabel, die ihre Gäste unerbittlich durch Museen, Bars und überfüllte Restaurants schleppte. In der Nacht vor der Abreise erschien Viktor plötzlich an ihrer Wohnungstür. Abweisend und gekränkt war Isabel, als er vor ihr auf die Knie sank. Dass sie gelacht hat, als Viktor ihre Beine umklammerte und mit der Nasenspitze den Saum ihres Rockes streifte, ist alles, was ihr von dieser Fahrt in Erinnerung geblieben ist. Aber das sagt sie jetzt natürlich nicht.

»Ich kann mich nicht daran erinnern, auch nur ein einziges Wort mit ihm gesprochen zu haben«, sagt Paul stattdessen.

Die anderen sehen ihn nachdenklich an. Sie versuchen, sich ihrerseits an Gespräche mit Viktor zu erinnern, so wie man sich an einen Schauspieler zu erinnern versucht, dessen Name einem partout nicht einfällt.

»Aber ich«, sagt Uwe. »Ich erinnere mich noch an euer ständiges Gemeckere über das unfreundliche Personal im Hotel. Ich erinnere mich so gut daran, weil ich mich noch nie in meinem Leben so gelangweilt habe.«

»Hört, hört!«

»Und Viktor ging es mit Sicherheit genauso. Erinnert ihr euch noch an den Abend in diesem völlig überfüllten Restaurant, in das du unbedingt wolltest, Isabel? Als wir nach einer Stunde und drei Runden Crémant endlich einen viel zu kleinen Tisch bekamen? Wir hatten nicht mal genug Stühle. Während der Kellner noch nach einem Hocker suchte, stand Viktor wie verloren vor unserem Tisch und wartete, wisst ihr das nicht mehr?«

Niemand von den anderen erinnert sich daran.

»Für ihn sei hier wohl kein Platz mehr, meinte er und wirkte plötzlich sehr traurig. Als er meinen Blick bemerkte, lächelte er zwar, als habe er bloß wieder einen seiner Witze gemacht, aber es war keiner. ›Für mich ist hier wohl kein Platz mehr.‹ Genau das hat er gesagt. Und wenn ihr mal ehrlich seid, genau so war es auch. Schon seit Langem.«

»Jetzt reicht es aber!« Erneut schlägt Ronno mit der flachen Hand auf den Tresen. »So ein Schwachsinn.«

Christa zuckt zusammen. Vielleicht lebt Ronno deshalb schon seit Jahren allein, weil ihm hin und wieder mal die Hand ausrutscht.

»Mann, Uwe«, sagt er und tippt sich mit dem Finger gegen die Schläfe. »Bei dir müsste dringend mal durchgelüftet werden. Was willst du eigentlich? Dass wir alle wieder in unsere alte Bude ziehen? Dass wir wieder Comics lesen und uns über Musik unterhalten? Oder willst du nur mal wieder kiffen?«

»Ich wollte damit nur sagen, dass Viktor unglücklich war. Und zwar schon lange bevor du dein dummes Geld von ihm zurückhaben wolltest.«

»Okay, okay, Shakespeare, dann war er eben schon vorher unglücklich. Weil nicht mehr alles so war wie früher. Meinetwegen. Weil kein Platz mehr für ihn war. Prima. Eine Sache aber verstehe ich trotzdem nicht, Uwe.« Einen Moment hält Ronno inne, dann kneift er erneut seine Augen zusammen und lächelt seinen Nachbarn heimtückisch an. »Wieso hat er dann nicht einfach eine Buchhandlung aufgemacht?«

»Fick dich, Ronno!«

Ronno lacht. Er lacht umso lauter, als er die verdutzten Gesichter der anderen bemerkt. Das betretene Gesicht des Wirts. Sogar Viktor, da ist sich Ronno sicher, würde jetzt ebenso lauthals und schallend über Uwe lachen wie er.

»Bist du wirklich so blöd, Uwe? Oder tust du nur so?«

Ronno kriegt sich noch immer nicht ein. »Kein Platz mehr für ihn, pah!«

Wie aus heiterem Himmel verfinstert sich seine Miene. Er zieht einen der leeren Hocker an sich heran und klatscht mit der flachen Hand auf die Sitzfläche.

»Hier ist doch Platz, Uwe. Genau hier müsste Viktor jetzt sitzen. Und einen mittrinken, verdammt noch mal!«

Die anderen starren perplex auf den leeren Hocker. Die Vorstellung, dass es im selben Augenblick Paff machen könnte und Viktor plötzlich wieder in ihrer Mitte sitzen würde, wie an jenem Abend in Warschau, nachdem der Kellner endlich einen Stuhl für ihn gebracht hatte, ruft bei jedem höchst unterschiedliche Reaktionen hervor. Christa steigen gleich wieder Tränen in die Augen. Sie hasst sich dafür. Paul hingegen scheint zu überlegen, welche seiner vielen Fragen er zuerst an seinen Freund stellen würde. Isabel verzieht bloß gelangweilt das Gesicht. Ronno blickt zum Wirt, als ob er noch ein weiteres Bier bestellen wollte, und Uwe wendet sich einfach ab.

»Wenn Viktor nicht tot wäre, würden wir wohl kaum hier sitzen«, sagt er. »Oder was glaubt ihr, wann wir uns das nächste Mal wiedergesehen hätten? Nächstes Jahr? Übernächstes?«

»Vielleicht nie mehr«, sagt Isabel und steht plötzlich auf. Sollen sie sich ruhig schon mal an den Gedanken gewöhnen. Sie löst eine Spange aus ihrem Haar und schüttelt den Kopf. Das offene Haar lässt sie noch jünger aussehen. Ihre schlanken Arme, ihre geschickten Finger, mit denen sie ihre Frisur sortiert, ihr konzentrierter Gesichtsausdruck, die Spange, die wie ein Giftpfeil zwischen ihren Zähnen steckt – die anderen sehen ihren Bewegungen zu, als könnten sie erst weitersprechen, wenn Isabel ihre Haare wieder hochgesteckt hat.

»Was ist das eigentlich für eine beknackte Musik, Christa?«, fragt Ronno schließlich.

Als ihm niemand antwortet, richtet er sich fragend an den Wirt.

»Das ist Joni Mitchell«, antwortet dieser lächelnd. »Die Lieblingsmusik meiner Frau.«

Ronno nickt beeindruckt.

»Johnny wer?«

17

Was bildest du dir ein?

Als Viktor am Vorabend der Warschaureise an der *Bücherbude* ankam, war die Tür verschlossen und die großen dunkelbraunen Holzjalousien waren bereits heruntergelassen. Er hatte sich schon damit abgefunden, Uwe nicht anzutreffen. Auch oben in seiner Wohnung brannte kein Licht. Trotzdem klopfte er noch einmal gegen die Scheibe. Aber nichts rührte sich.

Viktor wollte gerade gehen, als er ein dumpfes Geräusch im Inneren des Ladens hörte. Als wäre etwas zu Boden gefallen.

»Uwe?«, fragte er, während er nochmals leise an die Tür klopfte. Aber er bekam keine Antwort. Unsicher sah er sich um. Der Hinterhof war leer und nahezu unbeleuchtet. Wie gemacht für einen Einbrecher. Nur dass es bei Uwe nicht viel zu holen gab, außer einem kühlen Bier vielleicht und dem Geruch alter Bücher in den Kleidern.

Plötzlich ging im ganzen Laden das Licht an. Viktor hörte ein kraftloses Husten und das Kullern einer leeren Flasche, die über den Boden rollte. Schwere, schlurfende Schritte näherten sich dem Eingang, gefolgt vom Klimpern eines Schlüsselbundes. Einer der Schlüssel drehte sich im Schloss, und die Tür wurde einen Spaltbreit geöffnet. Uwe blinzelte in die Nacht wie durch den Eiswürfel in einem Whiskeyglas.

»Mensch, Viktor, was machst du denn hier?«, fragte er, begleitet von einer weiteren Hustenattacke.

»Begrüßt du so deine Kundschaft?«

Uwe öffnete die Tür und ließ ihn herein. Es roch faul und muffig in der *Bücherbude*. Auf der alten Ledercouch, die Uwe seinen Kunden früher als Leseplatz angeboten hatte, lagen ein paar Kissen und eine zerwühlte Wolldecke.

»Ich hab geschlafen«, erklärte Uwe schnell und zeigte mit einer schlaffen Handbewegung auf sein Lager.

»Jetzt? Um kurz nach sieben? Hast du schon was getrunken,«, fragte Viktor, obwohl eine leere Flasche Canadian Club, die umgestürzt unter dem Sofa lag, die Frage bereits beantwortet hatte.

»Bloß einen«, antwortete Uwe und lächelte, auf einen Freispruch hoffend. »Mit jeder Menge Eis.«

Schweiß stand ihm dabei auf der Stirn. Seine Haut wirkte fahl und teigig im grellen Neonlicht, das Uwe sonst nur einschaltete, wenn er Inventur machte oder mal wieder seine Wohnungsschlüssel verlegt hatte.

»Ich war einfach müde, okay?«

»Hattest du sonst nicht immer bis acht Uhr geöffnet?«

»Ja. Aber im Dunkeln traut sich keiner mehr in den Innenhof.«

»Du könntest Lampen anbringen.«

Uwe lächelte genervt, als höre er diesen Vorschlag zum hundertsten Mal. »Ach ja? Für wen denn?«

Viktor setzte sich zunächst an den Schreibtisch, auf dem sich viele Papiere, Manuskripte und gefaltete Zeitungen befanden. Rechnungen – oder Briefe, die nach Rechnungen aussahen – schien Uwe schon seit geraumer Zeit nicht mehr zu öffnen. Viktor befürchtete, einer der Stapel chaotisch aufgehäufter Bücher, Briefe und Zeitschriften könnte umkippen. Er stand auf und ging hinüber zu einem der Buchregale.

»Freust du dich schon auf Warschau?«, wollte er wissen.

»Klar«, antwortete Uwe. »Du etwa nicht?«

Wahllos zog Viktor ein Buch aus dem Regal, *Lieben sie Brahms?* von Françoise Sagan. Als er den Buchdeckel aufschlug, rieselte feiner Sand aus den Seiten wie aus einem riesigen Salzstreuer.

»Liest du eigentlich immer noch alle Bücher, bevor du sie verkaufst?«

»Die meisten ja«, antwortete Uwe nach einigem Zögern. »So viele sind es ja nicht.«

Viktor ging zu einem weiteren Regal, das quer in den Raum ragte, damit man die dahinter stehenden Kopiergeräte vom Eingang aus nicht gleich sah. In einem der Kopierer lag ein Merkblatt zum Antrag auf Sozialhilfe.

»Wie läuft es denn so?«

»Haben dich die anderen geschickt? Machen sie sich Sorgen, dass ich mir die schicken Restaurants in Polen nicht mehr leisten kann?«

»Niemand hat mich geschickt«, sagte Viktor und klang so überzeugend wie ein Mitarbeiter des Gesundheitsamtes bei der Inspektion einer Garküche. »Aber der Laden ist ganz schön heruntergekommen.«

Uwe widersprach ihm nicht. Viktor war wieder hinter einem der Regale verschwunden. »Hast du keine Putzfrau mehr?«

Eine überflüssige Frage angesichts der Spinnweben, Wollmäuse und der überall herumliegenden Gegenstände, der gebrauchten Tassen und Teller, der herrenlosen Badelatschen, der leeren CD-Hüllen, der Fernbedienungen ohne Batterie, der schmutzigen Lappen. Der Sonnenschirm, der früher draußen im Garten Schatten spendete, stand inzwischen zusammen mit dem Leergut in einem Karton und schimmelte dort vor sich hin.

»Schon lange nicht mehr«, sagte Uwe nur. Viktor hörte, wie er sich eine Zigarette anzündete und eine zerdrückte Cola-Büchse vom Tisch nahm, offenbar sein Aschenbecher.

»Weißt du noch, als du den Laden aufgemacht hast?«, begann Viktor, während er an den Buchrücken entlangging und sich fragte, wie viele Bücher es sein mochten, die Uwe im Lauf der Jahre angehäuft hatte. Und wie viele noch fehlten, bis man hier keinen Fuß mehr auf die Erde bekommen würde.

»Der Tag, an dem wir all die Bücher eingeräumt haben? Wie viele Kisten mögen es gewesen sein, die wir aus der Wohnung nach unten geschleppt haben? Fünfzig?«

Sie waren randvoll mit Büchern, weil Uwe meinte, der Weg sei so kurz, da könnten die Kartons ruhig etwas schwerer sein als sonst. Ronno, Paul und Viktor schwitzten jedenfalls nicht schlecht, während Uwe jedes einzelne Buch aufschlug und nach einem bis heute für niemanden außer ihm selbst verständlichen System in die Holzregale einräumte. Uwe brauchte fast eine Woche dafür.

»Ich glaube, ich hab dich nie wieder so glücklich gesehen wie in diesen Tagen.«

»Was willst du, Viktor?«

»Wo ist eigentlich der Kicker geblieben?«

»Verkauft«, brummte Uwe. »Auch schon vor Jahren. Was willst du, Viktor?«

Als er sich bückte, um ein Buch – *Der Mann mit hundert Namen* von Eugène François Vidocq – von einem der unteren Regalbretter zu nehmen, kroch eine altersschwache Assel gemächlich darunter hervor, als hätte Viktor sie aus einem jahrhundertelangen Schlaf unter einem Naturstein aufgescheucht.

»Bist du denn noch glücklich hier?«, fragte er, während er Uwe durch die Lücke im Regal hindurch beobachtete. Er saß mit dem Rücken zu ihm und blickte sich zunächst über die falsche Schulter um. Als er Viktors Blick zwischen den Büchern entdeckte, zwischen *Wassermusik* von T. C. Boyle und einem Bildband über

Basquiat, wirkte er empört, aber kein bisschen erstaunt über die Frage.

»Was soll die Frage? Wie kommst du darauf?«

»Vielleicht mache ich mir Sorgen«, sagte Viktor, das Buch in seinen Händen hin und her wiegend wie einen Goldbarren.

»Du machst dir Sorgen? Um mich?« Uwe lachte und wandte sich ab. »Was bildest du dir ein?«

»Den hab ich neulich im Fernsehen gesehen«, sagte Viktor und schloss die Lücke im Regal mit dem *Vidocq*. »Guter Film, mit Gérard Depardieu.«

Viktor hörte, wie die Zigarette in die Cola-Büchse fiel und zischte.

»Was willst du, Viktor? Soll ich etwa gegen mich selbst kickern?«

Es war kein Geheimnis, dass Uwe ganze Tage allein in der Buchhandlung verbrachte, dass er manchmal Selbstgespräche führte. »Noch einen Kaffee?« oder »Willst du nicht langsam mal Feierabend machen?«, so etwa in der Art. Viktor wusste von dem zermürbenden Einfluss, den lange, einsame Tage auf einen Menschen haben konnten. Die Blockade, die sie auslösten. Diese Mischung aus Trägheit, Ungeniertheit und dem Hang zur Selbstzerstörung.

Gegen einen Regalmeter mit Brockhaus-Bänden gelehnt, versuchte Viktor zu verstehen, was Uwe an diesem Ort hielt, warum er noch in dem verwahrlosten Haus blieb, in dem er nunmehr sein halbes Leben verbracht hatte. Waren es die Erinnerungen an bessere Momente, an denen Uwe bis heute hing? Einmal hat er eine junge Studentin des Maschinenbaus verführt, indem er ihr Gedichte von sich selbst vorlas und steif und fest behauptete, sie seien von Yeats oder Whitman. Vorher hatte er sie allerdings stark betrunken gemacht. Er hat Ronno, Isabel, Paul und Christa hier kennengelernt.

Die vielen Abende, an denen sie lachten, tranken und immer weiter lachten, die hatten hier stattgefunden, ebenso wie die Abende, an denen sie kaum ein Wort miteinander sprachen und ihre Freundschaft umso mehr für unerschütterlich hielten.

Was war seitdem passiert? Wann waren die dunklen Tage gekommen, die Enttäuschungen, die undurchdringliche Einsamkeit? Und warum? Nie mehr würde sich eine Frau in dieses Loch verirren, nie mehr würde Uwe neue Freundschaften schließen. Die Bücher, die Uwe sein Leben lang begleitet hatten, die er so liebevoll sortiert und aus denen er so stolz vorgelesen hatte, waren längst stumme Zeugen seines Niedergangs geworden. Und es wurden immer mehr.

»Bücher sind die beste Gesellschaft«, sagte Uwe einmal trotzig, nachdem immer weniger Kunden in seine Buchhandlung, immer weniger Gäste auf seine Partys kamen und seine Freunde sich nur noch selten und eher pflichtschuldig bei ihm blicken ließen. »Bücher sind die beste Gesellschaft, weil sie einen nicht im Stich lassen.«

Als Viktor hinter dem Buchregal hervortrat, war es Uwe, der zu weinen begonnen hatte. Er hielt sich die Hände vors Gesicht und schluchzte. Sein ganzer Körper zuckte, seine Finger zitterten, so fest presste er sie gegen seine Wangen. Uwe schämte sich. Er war es nicht gewohnt zu weinen, daher dauerte es eine Weile, bis er sich ganz und gar fallen ließ. Erst später, als Viktor wieder gegangen war, ließ er seinen Tränen freien Lauf. Während er zu ohrenbetäubender Musik und mit einer weiteren Flasche Whiskey unter dem Arm taumelnd durch die Regale und Stapel mit alten Büchern tanzte.

In dem Moment jedoch, da Viktor sich zu ihm auf die Couch setzte, wischte er sich bloß mit den Handrücken durchs Gesicht, um seine Tränen zu trocknen, die wie heißes Olivenöl seine Wangen hinunterliefen.

»Entschuldige bitte«, sagte er. »Ich habe wohl doch zu viel getrunken.«

Viktor räumte Decke und Kissen beiseite und machte es sich bequem.

»Hast du ein Bier für mich?«

»Klar.«

Uwe stand auf und ging hinüber zum Kühlschrank.

»Ich bin eigentlich nur gekommen, um mir ein Buch zu leihen. Für die Tage in Warschau. Hast du ein gutes?«

Als Uwe vom Kühlschrank zurückkam, hatte er zwei Bier dabei, einen vernünftigen Aschenbecher und den John Steinbeck, den er erst nach Viktors Tod wieder zurückbekommen sollte.

»Eins?«, fragte er und machte eine ausladende Armbewegung, als wolle er eine Lokalrunde schmeißen.

»Ich habe Hunderte.«

18

Super Idee, Christa!

»Mach ruhig noch eine Runde.«

Ronno ist kurzerhand zum Du übergegangen. Krämer nickt und macht sich an die Arbeit.

»Vielleicht sollten wir uns einfach wieder öfter treffen«, schlägt Uwe vor. Die Aussicht auf ein frisches Bier hat ihm offenbar Mut gemacht. Oder seinen Realitätssinn getrübt.

»Du meinst, bevor der Nächste von uns ins Gras beißt?« Ronno lacht in seinen letzten Schluck Bier hinein. Begeistert klingt das nicht. Auch bei Paul stößt Uwes Vorschlag auf wenig Gegenliebe.

»Mal im Ernst«, beharrt Uwe auf seiner Idee. Als müsse er ein paar Trunkenbolde von der Nützlichkeit einer Gruppendiskussion überzeugen. »Vielleicht können wir noch mal ganz von vorn anfangen?«

Isabel antwortet mit einem Lächeln, das sie sonst nur auf Staatsempfängen trägt. Nicht mal wenn Uwe sich umbringen würde, käme sie zu einem weiteren Treffen. Für eine Sekunde flimmern blaustichige Bilder von Uwes Begräbnis durch ihren Kopf: Uwes Mutter, in einem Mantel aus dunklem Kammgarn. Die ständig heulende Christa. Ronno, streitlustig und sturzbetrunken, noch immer hinter seinem Geld her. Sie selbst ist auf diesen Bildern nicht mehr zu sehen. Allein die Vorstellung, ein weiteres Mal nach Deutschland zu reisen, um noch einen Abend lang über Uwe und die alten Zeiten zu plaudern, lässt ihr Herz zu einem Granitblock erkalten. Isabel wird Uwe keine Träne nachweinen und seinem Erbe an Erinnerungen schon gar nicht. Sie wird sich nicht einreden lassen, diese im Grunde nutzlosen, verlorenen Jahre seien die besten ihres Lebens gewesen. Auch nicht, dass ihre beste Zeit bereits hinter ihr liege. Nein, sie wird ganz bestimmt nicht noch einmal zurückkommen. Da kann Uwe machen, was er will.

In Uwes Gesicht macht sich bereits Enttäuschung und Resignation breit, als er unverhofft Unterstützung bekommt.

»Warum eigentlich nicht?«, fragt Christa und klatscht sich dabei entschlossen auf die Schenkel. »Wieso treffen wir uns ab jetzt nicht jedes Jahr an diesem Tag?« Dabei schaut sie in die Runde.

»Na super«, quittiert Ronno ihren unausgegorenen Vorschlag. »Und wo? In Uwes *Bücherbude*? Oder grillen wir jetzt jedes Jahr ganz gemütlich bei euch auf der Veranda?«

Christa braucht nicht lange, um zu überlegen.

»Warum nicht hier?«

Krämer blickt sichtlich überrumpelt. Uwe hingegen ist auf der Stelle Feuer und Flamme.

»Super Idee, Christa!«

Isabel schüttelt den Kopf. Nicht zu fassen! Christas flehender Blick. Wahrscheinlich hat sie auch gerade in die Zukunft gesehen und sich gefragt, wer auf Uwes Beerdigung die Fürbitten liest. Und dann hat sie Mitleid gekriegt. Christa kann einfach nicht anders. Von Paul jedoch hätte Isabel etwas mehr Skepsis erwartet, gerade angesichts des plötzlichen Elans seiner Frau. Aber Paul rührt sich nicht vom Fleck. Vielleicht sieht er in dem Termin in einem Jahr vor allem die stille Übereinkunft, bis dahin von weiteren Verabredungen abzusehen. Vielleicht ist er schon zu betrunken. Isabel ist nicht entgangen, dass er vorhin wieder versucht hat, etwas von seinem Korn zu verschütten. Niemandem ist das entgangen.

»Kommt schon«, wirbt Christa für ihre Idee. Im Dienste der guten Sache kann sie sehr hartnäckig sein. Unermüdlich setzte sie sich damals für die Fahrt nach Warschau ein. Wochenlang telefonierte sie herum und schrieb Isabel schließlich eine lange, weinerliche E-Mail, bis endlich ein Termin gefunden wurde.

»Viktors Tod wäre dann nicht ganz umsonst gewesen.«

Christa blickt abwechselnd zu den beiden Wackelkandidaten: Ronno und Isabel. Ihren Mann wird sie schon überreden, wenn er wieder nüchtern ist. Wenn sich die Wogen um diesen Abend ein wenig geglättet haben und etwas Normalität in ihr Leben zurückgekehrt ist. Auf Paul ist Verlass. Trotz allem.

»Also abgemacht?«

»Von mir aus«, knurrt Ronno. Wenn das Jahr erst einmal vorüber ist, wird es wahrscheinlich reichen, einfach per E-Mail abzusagen. »Schickt mir aber besser noch mal eine Einladung, bevor ich es vergesse.«

Uwe kann sein Glück kaum fassen. Er nimmt sein Glas, um anzustoßen. »Dann auf nächstes Jahr!«

Christa prostet ihm zu. Paul entdeckt einen Ausdruck tiefer Zufriedenheit auf dem Gesicht seiner Frau. Dieses selige Lächeln, das sie stets befällt, wenn sie sich für ein Ferienziel oder für einen Kinofilm entschieden haben, wenn die Kinder an Heiligabend ihre Weihnachtsgeschenke ausgepackt haben und freudestrahlend in einem Berg von zerrissenem Geschenkpapier stehen, um sich mit glühenden Wangen bei ihr zu bedanken. Paul weiß, was dieses Gesicht zu bedeuten hat. In seinem Magen hat es erneut zu rumoren begonnen.

»Auf nächstes Jahr!«

»Nicht so schnell, Leute«, wehrt Isabel ab. »Ich mache da nicht mit.«

»Was soll das heißen?«

Isabel antwortet Uwe mit einem kalten Blick.

»Komm schon, Isa«, schaltet sich Christa erneut ein, »sei keine Spielverderberin!«

»Bin ich ja nicht. Ich hab gar nichts dagegen, dass ihr euch verabredet. Meinetwegen könntet ihr euch schon nächste Woche treffen. Nur eben ohne mich.«

Uwe blickt fassungslos zu Ronno. Der aber zuckt nur unbeteiligt mit den Achseln. Dann eben nicht. So kann er sich auch seine fadenscheinige Absage sparen.

Plötzlich geht das Telefon. Schrill und fordernd klingelt es in die Stille hinein, die sich nach Joni Mitchell unbemerkt ausgebreitet hat. Niemand rührt sich, nur der Wirt zuckt regelrecht zusammen.

»Entschuldigen Sie, bitte!«

Ein weiteres Mal verschwindet er hinter dem braunen Vorhang.

»Hallo?« Es klingt, als wolle er in den Hörer hineinkriechen.

»Ja, ich weiß, wie spät es ist.«

Ronno macht exakt dieselbe Geste wie bereits Stunden zuvor, jenes Ausschütteln der Hand, das man für Schadenfreude, aber auch für so etwas wie Mitgefühl halten kann.

»Wer ist eigentlich mit Musik dran?«, fragt Christa und sieht dabei unmissverständlich zu ihrem Mann. Ein bisschen Bewegung wird ihm guttun. Doch bevor Paul reagieren kann, ist Ronno bereits von seinem Hocker gestiegen.

»Bleib sitzen, Paul! Ich geh schon. Wird ja mal Zeit, dass jemand vernünftige Musik macht.«

»Bitte, nicht wieder diese Karnevalsmusik«, ruft ihm Isabel hinterher.

»Du kennst mich doch, Isa. Ich sorge immer für Stimmung.«

Ronno kramt in seiner Hosentasche nach Kleingeld und wirft es entschlossen in den Münzschlitz der Wurlitzer. Aus dem Hinterzimmer dringen unterdessen weitere Entschuldigungen und Erklärungsversuche.

»Ja, ja.« Krämer kommt kaum zu Wort. »Ja, ich weiß!« Ob er getrunken habe, will seine Frau wissen, was sie unzweifelhaft sofort bemerkt hat. Ob er sich noch daran erinnere, was er ihr vor wenigen Stunden versprochen habe. Und wer dieses Gelage überhaupt bezahle. Er könne ja wohl unmöglich Viktors Eltern die Zeche dieser Herrschaften aufbrummen.

»Nein, nein, natürlich nicht«, stammelt der Wirt in die Muschel und wird im gleichen Augenblick unsicher. Zwar hat er über die Biere, Schnäpse und Schnitzel seiner Gäste Strichliste geführt, andererseits ist es eigentlich nicht üblich, die Gäste einer Trauerfeier zur Kasse zu bitten. Seine Frau schweigt zufrieden. Mehr als vierzig Ehejahre an der Seite eines Kneipiers haben ihr Sätze wie diesen eingebläut. Sie weiß, welche Hebel sie in Bewegung zu setzen hat.

»Wie spät ist es eigentlich?«, fragt Isabel und wendet sich an Paul. Als er ihr sein Handgelenk mit der Omega zeigt, stellt er fest, dass er doppelt sieht.

»Dann lohnt es sich sowieso nicht mehr, ins Hotel zu fahren.«

Isabel fröstelt ein wenig bei dem Gedanken an die Schlafmaske in der Business Class. An das verhuschte Make-up, das sie stets hinterlässt.

»Wann geht denn dein Flug?«, fragt Christa.

»Um halb acht.«

»So früh schon?«

»Du könntest dich oben zu uns ins Bett legen«, schlägt Paul vor. Seine glasigen Augen schwimmen auf seinem Gesicht wie Fettaugen auf einer Rinderbouillon. »Ich meine nur, falls du dich noch ein Stündchen hinlegen willst.«

Isabel lächelt amüsiert. Wie jede gut aussehende Frau hat sie eine feine Antenne für Annäherungsversuche, sind diese auch noch so verklemmt und unbeholfen. Was genau stellst du dir denn vor, Paul? Noch so einen Dreier wie in Crans-Montana – dieses Mal mit Anfassen, mit einem Bauernfrühstück im Bett? Schade, Paul! Schade, dass du nicht der Typ dafür bist. Schade, dass du nie, nicht mal stockbesoffen, aus deiner Haut kommen kannst. Und schade, dass du erst jetzt daran gedacht hast. Jetzt, wo es zu spät ist. Beinahe hätte sie darüber gelacht. Ausgerechnet Paul, der konservative, stocksteife Paul, der ständig Preise vergleicht und beim Einparken die Musik leiser macht, der immer so korrekt und penibel ist, der, wie Christa ihr einmal anvertraut hat, den Badezimmerteppich absaugt, als würde er dort nach Goldstaub suchen. Dieser Paul starrt sie jetzt ungeniert an. Und es dauert womöglich nur noch Sekunden, bis etwas Speichel von seiner Unterlippe tropft.

Musik erklingt: Billy Joel, *Piano Man.*

»Och nee«, stöhnt Isabel auf.

»Was hast du denn?«, verteidigt Ronno seine Auswahl. »Viktor hat das immer gefallen.«

»Vor zwanzig Jahren, ja.«

»Danach kommt Queen. Dann Dire Straits.« Mit einem Lächeln, das eine geradezu sadistische Freude verrät, nimmt Ronno auf seinem Hocker Platz. Auch der Wirt ist wieder zurück.

»Möchte noch jemand was trinken?«, fragt er beim Anblick der leeren Gläser.

Christa beugt sich zögernd über den Tresen.

»Wenn wir gehen sollen«, beginnt sie mit gesenkter Stimme, »sagen sie es ruhig.«

Krämer schüttelt anerkennend den Kopf.

»Aber nein! Machen Sie sich keine Sorgen. Diesen Streit haben meine Frau und ich schon, seit wir verheiratet sind. Seit über vierzig Jahren«, fügt er hinzu, und sein Gesicht erhellt sich langsam wieder. Christa nickt. Am liebsten hätte sie geantwortet, dass es sich danach nicht angehört habe.

»Dann nehmen wir noch einen, oder?«

Niemand widerspricht ihr. Auf Ronnos Gesicht ist beim Anblick der leeren Gläser ein Ausdruck ehrlicher Verblüffung.

»Und gleich noch mal fünf Schnaps, bitte!«

Paul bläst die Backen auf. Eine erneute Welle der Übelkeit schwappt durch seinen Kopf. Der Alkoholsee in seinem Magen ist nach fortschreitender Vergiftung endgültig umgekippt. Paul fühlt einen Riss durch seinen Körper gehen, durch seine Brust, durch seine Beine. Undichte Stellen überall. Dinge liegen ihm auf der Zunge, die er bislang nicht einmal zu denken gewagt hat.

»Danach geht's aber nach Hause«, hört er seine Frau sagen. Es klingt dumpf und weit weg in seinen Ohren.

»Wie kommst du eigentlich zum Flughafen, Isabel?«

»Mit dem Taxi.«

»Was ist denn nun mit dem nächsten Jahr?«, unterbricht Uwe das Abschiedsgeplauder der beiden Frauen. »Steht unser Treffen jetzt?«

Isabel ignoriert seine Frage erneut, als könne sie gar nicht gemeint gewesen sein. Als sei sie unsichtbar für jemanden wie Uwe. Und Uwe für jemanden wie sie.

»Isa?«

Sie hat wieder begonnen, ihr Telefon zu kontrollieren. Gerade hat sie den Wirt fragen wollen, ob man in dieser Gegend ein Taxi bekommen kann, und wenn ja, wie lange es brauchen würde. Jetzt blickt sie erstaunt auf, während sie weiter auf der Tastatur ihres Telefons herumtippt.

»Wie gesagt, ich wünsche euch viel Spaß!«

»Aber was soll denn das?«

»Ganz einfach, Christa. Ich habe keine Lust mehr. Ich hatte schon in Warschau keine Lust mehr auf diesen ganzen Zirkus.«

»Was soll das heißen?«

Was soll das heißen? Die Frage seiner Frau wiederholt sich in Pauls Kopf wie ein Echo. Mit beiden Händen umfasst er seine Stirn, als drehe sich die ganze Kneipe wie ein Karussell auf seinen Schultern.

»Was das heißt? Das heißt, dass es Zeit wird, Lebewohl zu sagen.«

»Das kann doch nicht dein Ernst sein«, ruft Uwe aufgebracht. Auch Christa sieht enttäuscht aus. Ronno ist von Isabels kategorischer Absage eher überrascht. Das Ganze ist doch erst in einem Jahr. Eine wichtige Ausstellungseröffnung oder irgendeine Kunstmesse in den Staaten vorzuschieben, das hätte es doch auch getan.

»Tja, Uwe«, sagt er, ohne wirkliches Bedauern. »Dann können wir die Sache wohl gleich wieder abblasen.«

Uwe springt auf. Wütend stößt er seinen Hocker um, der einige Meter über den Fußboden rollt, bevor er krachend an einem der Tische landet. Ronno steht ebenfalls auf, um Uwe festzuhalten, falls dieser vorhat, eine Dummheit zu begehen. Auch der Wirt ist in einer geübten, vom Schnaps geölten Bewegung hinter seiner Theke hervorgekommen, die Hände nun etwas unschlüssig an seiner Schürze abtrocknend.

»Wieso tust du das, Isabel?«

Uwe hat sich jetzt vor ihr aufgebaut. Sein Kopf reckt sich ihr entgegen wie ein Schürhaken. »Warum willst du das alles unbedingt kaputtmachen?«

Isabel weicht einen Schritt zurück. Dabei stößt sie gegen Paul, der erst jetzt reagiert und den Kopf hebt. Isabel lehnt sich an ihn, ihr Hintern drückt sich sanft an die Innenseiten seiner Schenkel. Der warme Duft ihrer

Haare steigt ihm in die Nase. Ihm wird schwindelig bei dem Versuch, Isabels Nacken zu fixieren, der im trüben Licht der Kneipe glänzt wie glatt poliertes Mahagoni.

»Was denn kaputtmachen, Uwe?«

»Du kannst ja noch mal darüber nachdenken«, sagt Christa, um die Gemüter zu beruhigen. Auch sie hält es jetzt nicht mehr auf ihrem Hocker. »Es ist doch erst in einem Jahr.«

»Nein, Christa, fang nicht damit an. Ich will das jetzt ein für alle mal klären. Ich komme nicht. Ich komme nie mehr.« Isabels Stimme ist wieder kräftiger und auch wütender, als sie sich schließlich doch noch einmal an Uwe wendet.

»Es ist vorbei. Ein für alle Mal vorbei. Hast du das endlich begriffen?«

Uwes Gesicht verkrampft sich. Seine Lippen stülpen sich nach vorn, seine Augenlider blinzeln und seine Arme spannen sich von den Schultern bis in die geballten Fäuste hinein. Hastig saugt er einen Schwall Luft ein, der aus seiner Nase wieder entweicht, wie aus einem Überdruckventil. Er wird es nicht wagen, ihr wehzutun, das weiß Isabel. Auch wenn er es noch so gern getan hätte.

»Und wenn ich dir hundertfünfzigtausend Euro dafür gebe?«

»Moment mal«, protestiert Ronno, aber niemand hört ihn.

»Vergiss es, Uwe. Ich bin keine deiner billigen kleinen Nutten.«

»Nein, das bist du nicht«, presst Uwe zwischen seinen Zähnen hervor. »Du bist was Besseres.«

Isabel lächelt. Aber eine tiefe Falte teilt ihre hohe, königliche Stirn wie eine Schichttorte. Sie wird zweifellos etwas Bösartiges erwidern. Ihre Lippen suchen nur noch nach einer möglichst scharfen, verletzenden

Form ihrer Worte. Ihre Augen haben zu funkeln begonnen. Voller Hohn und Verachtung lacht sie Uwe ins Gesicht.

Und dann tut Uwe es doch. Ohne ein weiteres Wort macht er einen Schritt nach vorn und packt sie am Hals. Langsam und mechanisch zieht er sie von Paul weg und wirft sie zu Boden. Der Aufprall ist dumpf, beinahe geräuschlos, so fest hält Uwe ihren schlanken Hals umklammert. Seine Daumen graben sich tief in ihre Haut, und sein Knie drückt ihre bebende Brust wie einen Blasebalg zu Boden. Dabei geht Uwe ohne jede Hast zu Werke. Seine mechanischen Bewegungen und der stoische Blick wirken kalt und unaufgeregt, als stopfe er bloß eine defekte Abwasserleitung.

Isabel schnappt nach Luft. Sie spürt den harten Fußboden in ihrem Rücken. Ihre Arme zerren vergeblich an Uwes Handgelenken, ihre wütenden Schläge in sein aufgedunsenes Gesicht prallen ab wie an einer Gummiwand. Uwe hat inzwischen ihren Hals losgelassen. Mit Zeigefingern wie Angelhaken reißt er an ihren Mundwinkeln, zerrt sie so weit auseinander, dass sie sich wie Apfelsinenschalen anfühlen.

»Lach mich aus«, brüllt er Isabel an. »Lach mich nur aus!« Seine Zähne klappern vor Zorn. Isabel weigert sich, ihrem Peiniger ins Gesicht zu sehen. Daher bemerkt sie auch nicht, dass Uwe Tränen in den Augen hat, als Ronno und der Wirt ihn endlich wegzerren.

»Lass mich in Ruhe«, zischt Isabel, als Christa ihr die Hand anbietet, um ihr aufzuhelfen. Im Nu hat sich Isabel wieder aufgerappelt. Sie sieht an sich hinunter und streicht sich mit den Händen über das Revers. Dann geht sie hinüber zu Uwe, der noch immer von Ronno und dem Wirt festgehalten wird, und schlägt ihm mit der Faust ins Gesicht.

»Das hätten wir dann wohl geklärt«, sagt sie.

Uwe macht sich los. Seine Nase blutet.

»Soll ich die Polizei rufen?«, ermahnt sie der Wirt, damit sie nicht noch einmal von vorn anfangen. Aber Uwe hat sich längst wieder im Griff. Ronno langt mit seiner Hand über den Tresen und gießt ihm rasch einen Schnaps ein, wobei der Flaschenhals in seiner Hand noch immer zittert wie der Lauf einer Pistole.

»Ich brauche keine Polizei«, sagt Isabel, während sie sich mit einer Serviette die aufgeplatzten Mundwinkel abtupft. »Rufen Sie mir einfach ein Taxi.«

Auch Uwe schmeckt noch immer Blut in seinem Mund, während er Krämers aufgeregte Stimme aus dem Hinterzimmer hört.

»Zwanzig Minuten«, wiederholt der Wirt die Auskunft der Taxizentrale. »Beeilen Sie sich.«

Alle stehen jetzt an der Theke. Nur Paul kauert noch immer kraftlos und zusammengesunken auf seinem Hocker, mit erschlafftem, offenem Mund und einem halb vollen Pinneken zwischen den mit Korn benetzten Fingern.

Ronno hebt unterdessen den umgefallenen Hocker auf und stellt ihn wieder an seinen Platz. Uwe starrt mit zusammengekniffenen Augen zu Boden.

»Hier, trink das«, befiehlt Ronno, aber Uwe scheint ihn nicht zu hören. Unbeholfen legt Ronno den Arm um ihn und klopft ihm mehrmals aufmunternd auf die Schulter, aber Uwe reagiert nicht. Er steht einfach nur da, als gebe es die anderen nicht mehr, weder Ronno noch Isabel, als höre er nichts mehr, keine Musik, gar nichts. Uwe hat sich abgeschottet, hat den Ton abgestellt, die Vorhänge zugezogen. Vor ihm auf dem Tresen steht noch immer der unberührte Korn, randvoll und verlockend, wie ein letzter glasklarer Gedanke. Andächtig führt Uwe ihn an seine Lippen, als würde er zum letzten Mal den Mund aufmachen.

Als Isabel sich zum Eingang umdreht, ist es Christa, die ihr den Weg versperrt.

»Und das war es jetzt?«

»Ja, Christa, das war's. Ein schönes Leben noch!«

»Jetzt hast du endlich, was du wolltest, oder?« Christa wollte wütend klingen, vielleicht sogar kämpferisch, aber auf keinen Fall verbittert und weinerlich. »Darauf hast du es doch die ganze Zeit angelegt«, braucht sie nur zu sagen, schon ist es um ihre Fassung geschehen. »Früher war früher, und vorbei ist vorbei. Danke für die Lektion, Isabel!«

Ungerührt reicht ihr Isabel eine der noch sauberen Servietten in ihrer Hand.

»Hör endlich auf, um ihn zu heulen«, fügt sie kalt hinzu. »Das war er doch gar nicht wert.«

Christa schnäuzt sich.

»Wie wird man nur so, Isabel?«, fragt sie trotzig in die Papierserviette hinein.

»So wie ich? Was hast du denn erwartet? Dass ich Mitleid habe?«

»Ich finde, das sind wir Viktor schuldig.«

»Ihm schuldig? Ich soll ihm etwas schuldig sein?«

Isabel stößt einen tiefen Seufzer zur Decke des Raums.

»Himmel, Christa! Ich hätte nicht gedacht, dass du so blöd sein kannst.«

Noch einmal putzt sich Christa die Nase. Dabei sieht sie gekränkt zu ihrer Freundin.

»Tut mir leid, Isa! Aber mir ist es nun mal nicht scheißegal, dass er tot ist.«

»Glaub mir, Christa, mir ist es auch nicht egal. Im Gegenteil, Viktors Tod ist eine Erlösung für mich.«

Ein Glas zerspringt. Der Korn zwischen Pauls Fingern ist ihm aus der Hand gerutscht und zu Boden gefallen. Reglos sieht Paul auf die Scherben. Mehrmals hört man ihn aufstoßen. Die Luft, die aus seinem Magen entweicht, zischt zwischen seinen Lippen hervor, wie Kohlensäure aus einer umgestürzten Sprudelflasche.

»Wie meinst du das?«, fragt Christa überrascht und nimmt den Kopf aus der Serviette.

»Das weißt du ganz genau.«

»Soll das heißen …«, beginnt sie, um den Gedanken dann für sich allein zu beenden.

»Hattet ihr etwa auch was miteinander?«, lallt Paul mit gedehnter Stimme und glaubt, das Wörtchen »auch« verschluckt zu haben.

Isabel lacht.

»Kommt darauf an, was du damit meinst, Paul. Wir haben ab und zu gefickt. Sonst nichts.«

Uwe zuckt unmerklich zusammen. Christa schließt die Augen, um sich einen Moment lang allein ihren Befürchtungen zu stellen. Paul spürt erste Kontraktionen seines Magens, kalter Schweiß steht ihm auf der Oberlippe und eine Gänsehaut breitet sich vom Haaransatz bis in den Nacken aus. Ronno schlägt ein letztes Mal mit voller Wucht seine Hand auf den Tresen.

»Dieser Hurenbock! Dieser verdammte Hurenbock!«

»All die Jahre?«, fragt Christa leise, nachdem der Knall von Ronnos Schlag verhallt ist. Isabel sieht sie ernst an.

»Ja, Christa, all die Jahre. Was dachtest du denn, warum ich immer noch zu diesen Treffen gekommen bin?«

Paul verliert das Gleichgewicht und gleitet von seinem Hocker. Er stürzt zur Eingangstür. Mit der Hand vor dem Mund reißt er sie auf und lässt sich wie einen nassen Lappen über das Treppengeländer hängen. Dieses Mal fällt die Tür wie von selbst hinter ihm ins Schloss.

19

Sie werden nie etwas davon erfahren

Der Tag, als Viktor in ihrem Bett erwachte, drang wie feiner Goldstaub durch die Ritzen der Fensterläden. Das Knattern eines Motorrollers war zu hören. Kindergeschrei drang von unten aus dem Hof. Irgendwo, auf einem der angrenzenden Balkone, kniffelte jemand.

Isabel war bereits aufgestanden, als Viktor die Augen aufschlug. Nur mit einer Unterhose bekleidet, saß sie am Küchentisch, die nackten Beine übereinander geschlagen. Vor ihr auf dem Tisch lag eine Zigarette im Aschenbecher. Isabel präsentierte ihr Gesicht der Nachmittagssonne, die durch das Fenster in die Küche schien. Ihre Augen waren geschlossen, ihre Brüste bewegten sich in sanften, regelmäßigen Zügen. Viktor beobachtete sie eine Weile durch die offen stehende Tür. Dann setzte er sich im Bett auf. Das Bettgestell quietschte leise, als er sich das große Kissen in den Rücken schob. Er steckte sich ebenfalls eine Zigarette an. Isabel öffnete ihre Augen und lächelte ihn an.

»Na, Schlafmütze.«

»Bist du schon lange wach?«

Isabel nickte.

»Warum hast du mich nicht geweckt?«

Ohne ihm zu antworten, stand sie auf, drückte ihre Zigarette aus und kam zurück ins Schlafzimmer. Viktor hoffte, sie würde noch einmal zu ihm ins Bett klettern. Stattdessen ging sie zum Fenster hinüber und öffnete die Fensterläden. Grelles Tageslicht traf auf das Bett. Viktor kniff die Augen zusammen, um nicht geblendet zu werden.

»Warum kommst du nicht noch mal ins Bett?«

Isabel blieb reglos am Fenster stehen. Im Gegenlicht war ihr Gesicht nur in Umrissen zu erkennen. Viktor nahm einen tiefen Zug. Weißer Qualm hüllte seinen Kopf in eine Wolke, an der sich das Sonnenlicht brach. Sein nackter, gegen das Kopfende des Bettes gelehnter Oberkörper ragte aus den zerwühlten Laken, wie ein Massiv aus stürmischer See. Die Zigarette in seiner Hand glimmte vor sich hin.

»Kannst du mir mal den Aschenbecher bringen?«

Bis zum heutigen Tag zersprang dieser Nachmittag in unzählige Details, wenn Isabel daran zurückdachte. An den Geschmack von Kekskrümeln zwischen ihren Zähnen, den Duft frisch gewaschener Wäsche, der aus dem Innenhof zu ihnen heraufwehte. Viktor, wie er nur mit einem von Isabels Ponchos bekleidet den Balkon betrat. Sein kehliges Lachen, nachdem ihm sein eigenes Sperma ins Gesicht gespritzt war.

Allein dieser Nachmittag barg mehr Geschichten, als jemand wie Uwe jemals zu erinnern vermochte. Es war nicht möglich, sie zu einer Erzählung zusammenzufassen, wie einen Tag im Büro oder einen Ausflug ins Grüne. Es würde doch immer nur die halbe Wahrheit dabei herauskommen.

»Was die anderen wohl dazu sagen werden?«, fragte Viktor, als freue er sich schon auf ihre Gesichter. Schließlich aschte er einfach in seine Hand.

»Das ist doch wohl klar«, antwortete Isabel bestimmt. Ihr Kopf war noch immer ein dunkler Fleck auf der gleißenden Sonne.

»Sie werden nie etwas davon erfahren.«

20

Oder haben wir doch?

»Ich warte besser draußen.«

Isabel nimmt ihre Handtasche vom Boden und wirft einen kontrollierenden Blick in deren Inneres.

»Hat noch jemand Zigaretten?«

Als ihr niemand antwortet, reicht ihr der Wirt seine Schachtel über den Tresen. Er wird sie künftig ohnehin nicht mehr brauchen.

»Also, dann.« Isabel lässt ihren Blick kreisen, als verlasse sie ein schlampig aufgeräumtes Hotelzimmer, in dem sie ein verregnetes Wochenende verbracht hat. »Viel Glück noch!«

Niemand reagiert. Von draußen ist ein letztes, abgehacktes Würgen zu hören. Christa ist wie betäubt. Ihre Stimme würde ihr den Dienst versagen, ganz gleich, was sie sagen würde. Ihre Tränen sind ohnehin gerade erst getrocknet. Uwe hat ihr schon lange den Rücken zugedreht. Er würde sich nicht umdrehen, selbst wenn Isabel sich in die Luft sprengen würde. Nur Ronno erwidert ihren Blick. Zu Isabels Überraschung lächelt er. Ein dünnes, angespanntes Lächeln, aber zugleich auf unbekümmerte Weise friedfertig.

»Auf Wiedersehen«, sagt der Wirt schließlich.

Sie hebt die Schachtel in die Luft, um sich für die Zigaretten zu bedanken. Dann dreht sie sich um und geht hinaus.

Draußen hat es bereits zu dämmern begonnen. Frühnebel wabert über den Parkplatz vor der Kneipe. Paul sitzt auf der ersten Stufe der Treppe, den vom Würgen schwer gewordenen Kopf auf die Hände gestützt. Sie lässt sich neben ihm nieder und zündet sich eine Zigarette an.

»Gibst du mir auch eine?«

Sie reicht die Schachtel an ihn weiter und gibt ihm Feuer.

»Tut mir leid, wie das alles gelaufen ist«, sagt er, während er sich vorbeugt, um seine Zigarette in die Flamme zu halten.

»Das braucht es nicht.«

Paul inhaliert den ersten Zug und beginnt augenblicklich zu husten.

»Und das solltest du besser gleich wieder bleiben lassen.« Sie mustert ihn von der Seite. »Es passt ohnehin nicht zu dir.«

Nachdenklich betrachtet Paul die angefangene Zigarette.

»Nein. Aber wieso eigentlich nicht?«

Isabel zuckt mit den Achseln.

»Vielleicht, weil es tödlich ist.«

Ein Lächeln überfliegt Pauls Gesicht, lautlos und schemenhaft. Er fühlt sich wieder besser, klarer im Kopf. Auch sein Gesicht hat schon wieder etwas Farbe bekommen.

»Was der Wirt von uns denken muss«, sagt er kopfschüttelnd.

»Krämer? Er freut sich bestimmt schon darauf, den Leuten hier davon zu berichten.«

»Ja. An Gesprächsstoff wird es ihnen in nächster Zeit nicht mangeln.«

Isabel deutet hinter sich in das Innere der Kneipe.

»Nächstes Jahr habt ihr bestimmt Zuschauer.«

Paul blickt sie ernst an. Sie wissen beide, dass es das Treffen im nächsten Jahr nicht geben wird.

»Bestimmt wird er ihnen auch von Magálie erzählen. Hast du keine Angst, dass die Eltern ihren Enkel sehen wollen? Dass sie zu dir kommen werden, um nach ihm zu fragen?«

Isabel stutzt. Daran hat sie gar nicht gedacht.

»Du kannst ihnen unsere Telefonnummer geben«, sagt Paul.

»Hast du es eigentlich gewusst?«

»Ja.«

»Die ganze Zeit?«

»Nein.«

Isabel bläst etwas Rauch in die ausgehende Nacht. Beide schauen ihm hinterher, bis er sich vollkommen verflüchtigt hat.

»Du hast es wirklich ernst gemeint, oder? Wir werden uns nicht mehr wiedersehen?«

Isabel holt tief Luft. Gleich mehrmals setzt sie zu einer Erklärung an.

»Kannst du mich nicht auch ein bisschen verstehen?«, fragt sie schließlich zurück.

Paul überlegt lange. Natürlich kann er sie verstehen. Wer könnte sie besser verstehen als er?

»Nein«, sagt er dennoch. Er wirft seine Zigarette im hohen Bogen über das Geländer und lächelt schief. »Aber das konnte ich wohl noch nie.«

Isabel sieht ihn schweigend an. Sie presst die Lippen aufeinander, um nicht zu lächeln. Paul kommt es so vor, als sei sie ein Stück näher an ihn herangerückt. Ein Zentimeter vielleicht, höchstens zwei. Mit dem bloßen Auge nicht zu erkennen. Aber Paul spürt plötzlich die Wärme, die ihr Körper verströmt.

»Weißt du, an wen mich der Wirt erinnert?«, wechselt er das Thema.

»Nein.«

»Letztes Jahr waren Christa und ich mit den Kindern in der Bretagne, auf der Belle-Île, kennst du die?«

Isabel nickt.

»Dort gab es einen abgelegenen Campingplatz, auf dem zum Ende der Saison fast niemand war, außer ein belgisches Ehepaar: ein pensionierter Bankier mit seiner Frau.«

»Und der sah so aus wie Krämer?«

»Er sah nicht unbedingt so aus. Es war eher diese steife, überhöfliche Art. Zuerst grüßten wir uns nur. Aber auf so einem Campingplatz kann man sich auch nicht lange aus dem Weg gehen. Eines Abends, als wir von einer unserer Wanderungen zurückkehrten, saßen die beiden vor ihrem Zelt und grillten Fisch. Sie luden uns ein, herüberzukommen. Weder Christa noch ich hatten große Lust auf die beiden, andererseits wollten wir uns auch nicht den ganzen Abend in unserem Zelt verkriechen. Um es kurz zu machen: Nachdem die Kinder in ihrem Zelt schliefen, sind wir mit einer Flasche Bordeaux in der Hand zu den beiden rübergegangen. Sie sprachen ein gebrochenes Deutsch. Christa kann ja etwas Französisch, und Englisch konnten auch alle mehr oder weniger.«

Paul macht eine Pause. Die Geschichte ist nur so aus ihm herausgesprudelt. Isabel ist sich nicht ganz sicher, ob sie schon zu Ende ist.

»Es wurde noch ein ziemlich feuchtfröhlicher Abend. Pierre und Jeanne, so hießen die beiden, kannten Deutschland nur aus Witzen, die man sich in Belgien über uns erzählt. Jeanne, die sogar etwas jünger war als Christa und ich, hatte mal einen Österreicher als Freund.«

Isabel lächelt geduldig. Paul versteht sofort. Er erspart ihr weitere Einzelheiten.

»Wie auch immer, es war die totale Camperidylle unter freiem Himmel. Die Sterne leuchteten, der Grill roch nach gewürztem Fisch und im Radio liefen lauter melancholische Chansons, die Christa dauernd mitzusingen versuchte.«

Isabel lächelt.

»Ich kann's mir vorstellen.«

»Später, jedenfalls, Jeanne und Christa schunkelten bereits zu *Ein bisschen Frieden*, dem einzigen deutschen

Lied, das Jeanne kannte, da legte Pierre plötzlich seinen Arm um mich.«

Isabel blinzelt ihn an. Ähnlich erwartungsvoll sah Paul damals zu dem Belgier auf, nachdem er sich, überwältigt von dem kräftigen Arm auf seiner Schulter, von der noch warmen Glut des Grills abgewandt hatte.

»Bon! Abt ihr Lüst auf Fieken?«

Isabels Lachen ist bis in das Innere der Kneipe zu hören. Der Wirt hebt den Kopf, auch Ronno und Christa werfen sich einen fragenden Blick zu. Was ist denn da draußen los?

»Ich wäre fast gestorben«, sagt Paul, breit grinsend.

»Und Christa?«

»Christa hat einen Lachanfall bekommen. Sie hat sich überhaupt nicht mehr eingekriegt.«

»Und dann? Sah die Frau von dem Belgier wenigstens gut aus?«

»Das ja. Sie sah sogar sehr gut aus.«

»Warum habt ihr es dann nicht einfach gemacht?«

»Vielleicht hätten wir es tun sollen. Aber wir haben noch in der Nacht die Kinder geweckt und unsere Zelte abgebaut.«

Isabel beginnt erneut zu lachen. Ein schönes Lachen. Eins, das er lange nicht mehr gehört hat.

»Mann! Der Typ hätte mein Vater sein können! Ich konnte ihm unmöglich Christa überlassen.«

»Vielleicht hätte sie es ja gewollt?«

»Nein. Bestimmt nicht.«

»Vielleicht hatte er es ja auch auf dich abgesehen? Du siehst in Wanderstiefeln bestimmt unverschämt gut aus.«

Paul grinst sie unverhohlen an.

»Wenn du wüsstest.«

Isabel drückt ihre Zigarette aus.

»Kannst du dich noch an meine Tante Gerda erinnern? So eine Schreckschraube mit toupiertem Haar?«

Paul schüttelt den Kopf. Noch immer muss er lächeln, bei dem Gedanken an seine Wanderstiefel.

»Doch, du kennst sie. Eine entfernte Cousine meiner Mutter. Sie waren mal zu Besuch, als du auch in der Galerie warst.«

Paul ist sich nicht sicher. Das muss einige Jahre her sein.

»Günther«, ruft er plötzlich, »ihr Mann hieß Günther, oder?«

»Er hat ständig gefurzt.«

Paul runzelt die Stirn.

»Ja, an die erinnere ich mich«

»Vorgestern habe ich mit ihr telefoniert. Sie hatte mir auf die Mailbox gesprochen, dass ich mich dringend bei ihr melden soll. Ich rufe also bei ihr an und frage zuerst, wie es ihr geht. ›Gut‹, antwortet sie, ›bis auf das Wetter.‹ ›Und deinem Mann?‹, frage ich. ›Günter‹, sagt sie, ›Günter ist vorgestern gestorben.‹«

Paul versucht zunächst, ernst zu bleiben. Dann jedoch verbiegen sich seine Gesichtszüge. Er presst vergeblich die Lippen aufeinander und prustet schließlich los.

»Deswegen solltest du sie anrufen?«

»Ja, sie hatte eine Frage wegen der Erbschaftsteuer.«

Um ein Haar wäre Paul danach die Frage rausgerutscht.

»Sie hat mich auch nach dir gefragt«, sagt Isabel und macht die nasale Stimme ihrer Tante nach. »Du warst doch mal mit diesem gut aussehenden Anwalt zusammen.«

»Aber wir waren nie zusammen«, wendet Paul sichtlich überrascht ein.

»Nein. Aber für meine Tante muss es wohl so ausgesehen haben.«

Paul ist baff. Umso mehr, als Isabel nach einer Weile ihren Kopf auf seine Schulter legt.

»Darf ich dich mal etwas fragen, Paul?«

»Nur zu.«

»Warum hast du es eigentlich nie versucht?«

Was?, will Paul zuerst fragen. Dann blickt er sie überrascht an.

»Ich meine, mit Viktor, Ronno, sogar mit Uwe habe ich mal was gehabt«, erklärt Isabel, ohne auch nur in den Verdacht zu geraten, stolz darauf zu sein. »Aber du? Du hast es nicht mal probiert.«

Paul starrt auf die Glut ihrer Zigarette, die sich unaufhaltsam durch das Papier frisst. Die Antwort liegt auf der Hand. Sie ist beinahe zu einfach, um sie auszusprechen. Wegen Christa, natürlich! Er hätte es längst sagen müssen. Doch Paul schweigt.

Nicht versucht? Plötzlich schämt er sich. Hat er es wirklich nicht versucht? Hat er nie versucht, Isabel zu gefallen? Als verständnisvoller Zuhörer, als erfolgreicher Jurist, als treu sorgender Ehemann und Vater, der mit den Widrigkeiten des Familienlebens seinen Frieden gemacht hat. Vor der Polenreise war er sogar zu einem Friseur gegangen, der ihm von Kollegen empfohlen worden war, und hatte sich dort zu einem kostspieligen Haarschnitt hinreißen lassen. Christa hat geglaubt, er habe eine Affäre. Isabel ist es nicht mal aufgefallen.

»Was ist?«, fragt Isabel. »Doofe Frage?«

Natürlich ist das eine doofe Frage. Sie ist selbstsüchtig, respektlos gegenüber Christa und obendrein unfassbar eitel. Verärgert denkt Paul an die unzähligen Male zurück, in denen Isabel seine diffusen Hoffnungen noch genährt hat. Sei es wie vorhin durch eine gedankenlos dahingeworfene Bemerkung, oder indem sie ihm, wie in Crans-Montana, das Gefühl gab, ihm fehle nur die nötige Entschlossenheit.

»Wieso hätte ich das tun sollen?«, fragt er barsch zurück. »Ich liebe Christa, trotz allem.«

»Das weiß ich doch«, sagt Isabel beschwichtigend und spürt sofort eine klebrige Röte im Gesicht, die sich über ihre Wangen gelegt hat. Nach Liebe hat sie doch gar nicht gefragt. Für Isabel ist das Thema damit erledigt. Paul würde für immer Paul bleiben, ein Rätsel.

»Weißt du noch, dieser Abend«, beginnt er plötzlich, »als bei Ronno und Uwe der Strom ausfiel und wir minutenlang im Dunkeln saßen, bis wir endlich ein paar Kerzen gefunden hatten?«

»Du meinst, als Ronno später den Pizzaservice überredet hat, uns eine Wanne Trockeneis für den Wodka vorbeizubringen? Ja, daran erinnere ich mich.«

»Wir haben diese riesigen Pizzen bestellt, damit er überhaupt kam«, nimmt Paul den Faden auf. »Obwohl niemand etwas essen wollte.«

»Wir kannten die Wirkung des Marihuana noch nicht.«

Paul lächelt etwas verlegen. Genau genommen kennt er sie bis heute nicht.

»Ich weiß nur noch, dass Ronno und Uwe sich an dieser gigantischen Pizza beinahe überfressen hätten«, sagt Isabel lachend. »Was war da noch Ekliges drauf? Thunfisch? Sardellen? Danach kann ich mich an nichts mehr erinnern. Weißt du nicht mehr? Ich hatte dauernd einen Filmriss.«

»Ja, Thunfisch«, sagt Paul und erzählt weiter, wie Uwe vor seinen Augen mit dem Gesicht auf dem Pizzakarton eingeschlafen war. Er erinnert sich sogar noch an den Namen der Pizzeria – *Mamma mia!*.

»Hast du mich später nicht noch nach Hause gebracht?«, fragt Isabel und erinnert sich scheinbar doch noch an ein weiteres Detail. »Allein hätte ich es wohl nicht mehr geschafft, oder?«

»Ja«, sagt Paul. »Ich meine, nein, das hättest du nicht mehr.«

Isabel kneift die Augen zusammen, als leide sie noch heute unter dem Restalkohol dieses Abends.

»Oder haben wir doch?«

Ihre Frage erfasst Paul wie eine Orkanböe. Wie ein gezielter Schlag in die Magengrube.

»Nein«, sagt er und schüttelt vehement den Kopf. »Natürlich nicht.«

Paul fühlt sich lächerlich. Bloßgestellt von seiner detaillierten Erinnerung an diesen Abend. Als ihn Ronno an seinem Junggesellenabschied fragte, ob es eine Entscheidung gäbe, die Paul je bereut habe, eine Gelegenheit, der er bis heute hinterhertrauere, zögerte Paul. Jener Abend wäre eine gute Antwort gewesen. Isabel erinnert sich aber nicht einmal mehr daran. Warum sollte sie auch? Weder an die zaghaften Zweifel, die Paul erstmals an seiner damals noch jungen Beziehung zu Christa äußerte, noch an den warmen, herzlichen Kuss, den ihm Isabel zum Abschied auf den Mund gab. Sie erinnert sich an gar nichts mehr. Auch nicht daran, dass sie damals nicht allein waren.

»Wo war Christa überhaupt an diesem Abend?«

»Sie war bei ihren Eltern«, antwortet Paul knapp. »Außerdem habe ich dich nicht allein nach Hause gebracht. Viktor war auch dabei.«

»Viktor? Wohnte der damals nicht ganz woanders?«

»Allerdings.«

Sie scheint sich wirklich an nichts zu erinnern.

»Auf dem Weg nach Hause haben wir allerlei Unsinn geredet. Weißt du das wirklich nicht mehr?«

Isabels Gesicht hellt sich ein wenig auf. Ihr ist etwas eingefallen.

»War das, als ihr beide euch so gestritten habt? Worum ging es da noch mal?«

Paul weigert sich, ihr sofort zu antworten. Mehr noch als für den albernen Streit schämt er sich für die Tatsache, dass er sich so genau daran erinnert. Worum es damals ging? Natürlich hatte Viktor seinen Freund sofort durchschaut, als dieser Isabel vorschlug, sie nach Hause zu begleiten. Christa war nicht in der Stadt, Isabel ordentlich angesäuselt. Viktor wusste es, Paul wusste es, und auch Isabel wusste, dass sich so eine Gelegenheit nicht allzu oft ergeben würde. Niemals wieder, wie sich herausstellen sollte. Paul und Christa waren kurz davor, zusammenzuziehen. Paul erzählte den beiden von seiner Angst, mit Anfang zwanzig vergeben zu sein – im Klartext: nie wieder mit einer anderen Frau zu schlafen. Viktors Ratschlag, sich glücklich zu schätzen, einer Frau wie Christa begegnet zu sein, empfand Paul als plump und ebenso durchschaubar wie sein eigenes Gerede. Und so kriegten sie sich schließlich in die Haare.

Isabel genoss es damals, dass sich ihre beiden Freunde darum stritten, sie ins Bett zu kriegen. Sie hätte auch nichts dagegen gehabt, sie beide mit nach oben zu nehmen. Aber Paul gab auf und bog ab in eine andere Richtung, noch bevor sich die Frage stellte. Pauls Zorn richtete sich gegen Viktor. Am liebsten hätte er ihm die Fresse poliert. Lange Zeit war er sich sicher, dass ihm sein Freund damals aus purer Boshaftigkeit die Tour vermasselt hat. Inzwischen aber weiß Paul, dass er sich das, wie alles andere auch, im Grunde selbst zuzuschreiben hat.

Paul holt tief Luft. Vor wenigen Minuten noch wäre er bereit gewesen, die Karten offen auf den Tisch zu legen und Isabel die Wahrheit zu sagen, über diesen Abend, über diesen hastigen, übermütigen Kuss. Aber jetzt nicht mehr.

»Keine Ahnung, worum es dabei ging. Bestimmt war es nichts Wichtiges.«

»Doch«, sagt Isabel und starrt konzentriert ins Leere, als könne es ihr jeden Moment wieder einfallen. »Ich weiß noch, dass du dich ziemlich aufgeregt hast, bevor du an dieser Kreuzung einfach abgehauen bist.«

»Ich habe bei Christa geschlafen.«

Isabels Augen werden schmal. Ihr Mund formt einige tonlose Worte. Bei »Christa« hat es offensichtlich Klick gemacht.

»Oje«, sagt sie leise und hält sich die Finger an die Lippen. »Dann war das wahrscheinlich der Abend?«

Paul nickt bereitwillig, auch wenn er noch nicht weiß, nur befürchtet, was sie damit meint.

»Vielleicht wäre es besser gewesen, wenn du mich damals nach Hause gebracht hättest.«

Der Gedanke scheint Isabel zu gefallen. Sie blickt dabei in den sich unscharf abzeichnenden Horizont und lächelt so unbefangen und leicht, als könne sie jeden Augenblick in die Nacht davonfliegen.

»Vielleicht aber auch nicht.«

Pauls Kopf neigt sich bleiern nach vorn. Er schließt die Augen. Gelbe und rote Funken tanzen an den Rändern seiner brennenden Lider. Er spürt, wie ihn die Müdigkeit endgültig übermannt. Paul sollte froh darüber sein, wie sich die Dinge entwickelt haben. Dankbar dafür sein, dass es am Ende Viktor erwischt hat, nicht ihn. Er würde Christa ihren Fehltritt verzeihen und dazu all die Folgefehler, die dieser hervorgerufen hat. Schließlich hat sie nur getan, was er nicht gewagt, was er sich selbst all die Jahre verweigert hat. Er würde seiner Frau verzeihen, damit er sich endlich selbst verzeihen kann. Und vielleicht ist es genau diese Sehnsucht nach Versöhnung – mit Christa und mit sich selbst –, die Menschen wie Paul weitermachen lassen: die Fähigkeit, im entscheidenden Moment die Augen zu verschließen.

»Da ist mein Taxi«, sagt Isabel und erhebt sich. Paul steht ebenfalls auf. Als Isabel sich zu ihm umdreht, reicht er ihr die ausgestreckte Hand. Eine alberne Geste.

»Pass gut auf dich auf.«

»Du auch«, flüstert Isabel und legt ihre warme Hand behutsam in seine.

»Komm her, lass dich noch mal umarmen!«

21

Macht doch alle, was ihr wollt!

Als Paul die Tür zur *Alten Post* öffnet, schlägt ihm ein satter, feuchtwarmer Schwall verbrauchter Luft entgegen. Unwillkürlich fragt er sich, wie sie es all die Stunden hier ausgehalten haben.

»Am besten lasse ich die Tür mal ein bisschen auf.«

Niemand antwortet ihm. Auch die Wurlitzer ist inzwischen verstummt. Nach Musik scheint niemandem mehr zu sein. Vielleicht ist es ihnen aber auch noch gar nicht aufgefallen. Uwe, Ronno und Christa kauern auf ihren Hockern, als würden sie seit Tagen so dasitzen und warten. Ronno und Uwe heben nicht einmal ihre Köpfe. Nur Christa blickt zur Tür, die Augen zu Schlitzen verengt. Frederike blinzelt manchmal so, wenn Paul abends von der Arbeit kommt und den Kopf durch ihre Tür steckt, um noch einmal nach dem Rechten zu sehen.

Krämer hat inzwischen Kaffee gekocht. Paul tritt an den Tresen und trinkt einen lauwarmen Schluck aus Christas Tasse. Angewidert schiebt er sie beiseite.

»Soll ich einen neuen aufsetzen?«, fragt der Wirt, während er die abgestandene Tasse in den Ausguss kippt. Paul lehnt dankend ab.

»Lassen Sie nur. Wir gehen jetzt schlafen.« Dabei streicht er seiner Frau zärtlich über den Haaransatz. »Draußen wird es schon hell.«

Christa schmiegt sich müde an die Schulter ihres Mannes.

»Wir müssen noch bezahlen, Schatz.«

Krämer lächelt die beiden erfreut an. Er zieht seinen Block hervor, auf dem er einen Teil der Getränke per Strichliste notiert hat, und beginnt zusammenzurechnen. Er tüftelt eine Weile daran herum, streicht ab und schätzt die restliche Anzahl an Runden. Immer wieder kratzt er sich am Kopf und murmelt einige Zahlenkolonnen. Dann blickt er ungläubig auf.

»Geben Sie her.« Paul hat sein Portemonnaie bereits in der Hand. »Ich übernehme das.«

»Hört, hört«, sagt Ronno, ohne den Kopf zu bewegen. »Wenn das so ist, sollten wir vielleicht noch einen Absacker trinken, was?« Dabei knufft er Uwe in die Seite. Er hätte ebenso gut in einen Sandsack boxen können.

»Das ist sehr großzügig von Ihnen«, bedankt sich der Wirt bei Paul.

»Sie waren auch sehr großzügig.«

»Na los, Jungs, austrinken!« Christa ist bereits aufgestanden. Sie will jetzt nur noch weg. Die letzten Minuten, in denen Ronno den bedauernswerten Uwe unentwegt bedrängte, ihm sein Geld zurückzugeben, haben ihr den Rest gegeben.

»Wieso macht ihr nicht einfach halbe-halbe«, schlug Christa vor, ohne von den beiden beachtet zu werden.

»Schenkung hin und her«, stellte Ronno klar, »das Geld gehört mir, Uwe.«

Es sei ihm völlig egal, was die gesetzliche Erbfolge vorsehe. Ronno zeigte sich bereit, Uwe einen kleinen Teil als eine Art Provision zu überlassen. Aber er könne unmöglich auf das Geld verzichten. »Es ist alles, was ich noch habe, verstehst du?«

Wahrscheinlich hatte Ronno nicht wirklich damit gerechnet, dass Uwe den Karton mit dem Geld wieder herausrücken würde. Umso erfreuter war er, als Uwe plötzlich aufsah und nickte.

»Dreitausend sind aber schon weg«, sagte er mit kratziger Stimme.

Vergeblich suchte Christa so etwas wie Scham oder Reue in Uwes Gesicht, während dieser von Ivy erzählte, von den kostspieligen Nächten im Bordell, von ihrem gemeinsamen Abend im Restaurant und von Ivys bezauberndem, aufmerksamen Lächeln, mit dem sie so anbetungswürdig die Weinkarte studiert hatte, als handele es sich um die Goldprägung auf einem Amulett. In nicht mal drei Tagen hatte er die Summe auf den Kopf gehauen.

Christa fehlten die Worte. Nicht nur, dass Uwe mit dem Geld nichts Besseres zu tun hatte, als mit einer Prostituierten anzugeben. Er hatte auch noch die Dreistigkeit besessen, mit dieser Frau in dasselbe Restaurant zu gehen, in dem sie und Paul Jahr für Jahr ihren Hochzeitstag feierten. Warum hatten sie nicht auch noch am gleichen Tisch gesessen und Händchen haltend nach der Dessertkarte verlangt?

Das hatten sie nicht. Stattdessen waren sie in die benachbarte Hotelsuite verschwunden, die Uwe bereits am Nachmittag bezogen hatte. Als sie das Restaurant verließen und auf die hell erleuchtete Straße traten, hatte Uwe der groß gewachsenen, stolzen Dominikanerin, die ihn in ihren Sandaletten um gut eine Handbreit überragte, sein Jackett um die Schultern gelegt. Ivy hatte sich auf den Stufen unter dem Hotelbaldachin bei ihm untergehakt und sich fest an seinen Arm geschmiegt, als ob sie noch immer ein wenig fror.

»Wenigstens war das Geld gut angelegt«, sagte Ronno mit einem anerkennenden Lächeln. Im gleichen Augenblick ertönte Pauls Gelächter von draußen. Als sei das alles ein einziger Witz. Christa wurde wütend. Ihr Mitgefühl für den armen Uwe war so schlagartig zusammengeschmolzen wie der Eiswürfel, der Ivy nachts im Bad der Ambassador Suite aus den Fingern gerutscht und zwischen Uwes Beinen im heißen Badewasser gelandet war.

»Soll ich den Herrschaften ein Zimmer herrichten?«, wendet sich der Wirt in diesem Moment an Ronno und

Uwe. »Es ist nichts Besonderes, aber für die Nacht wird es sicher gehen.«

»Komm bloß nicht auf die Idee, noch Auto zu fahren«, ergänzt Christa, an Ronno gerichtet.

Tatsächlich hat Ronno diese Möglichkeit bereits in Erwägung gezogen. Der Autoschlüssel steckt in seiner Hosentasche, seit sie vom Friedhof zurückgekommen sind. Außerdem fühlt er sich wieder besser. Der starke Kaffee, vor allem aber Uwes Einsicht hinsichtlich des Geldes haben ihm wieder Auftrieb gegeben. Er würde sein Geld zurückbekommen. Nicht alles zwar, aber wenigstens einen Teil. Knapp hundertfünfzigtausend Euro. Immerhin. Bis vor wenigen Stunden hatte er noch geglaubt, von nun an pleite zu sein.

»Wieso regelt ihr das mit dem Geld nicht lieber morgen?«, hatte Christa vorhin ihr Gespräch über Suiten und teure Prostituierte unterbrochen. »Wenn ihr wieder nüchtern seid.«

»Meinetwegen«, sagte Uwe. »Ich kann dir das Geld auch überweisen.« Er zog den Bierdeckel unter seinem Glas hervor und schob ihn Ronno über den Tresen. »Schreib mir doch einfach deine Kontonummer auf.«

»Witzig, Uwe! Wirklich sehr witzig.«

»Was hast du denn gedacht, Ronno? Das ich es dir mit der Post schicke? Dass ich es in einen Koffer packe und wir uns in der Lobby des Hilton treffen?«

Ronno fixierte ihn mit einem eiskalten Blick. Uwe musste grinsen.

»Hast du wirklich gedacht, dass ich das Geld dabei habe?«

»Hast du es denn dabei?«

Uwe wandte sich ab. Er hatte einen Moment zu lange gezögert, um die Frage zu verneinen.

»Du hast es dabei. Ich wusste es.«

Ronno gab sich keinerlei Mühe, seine Freude und Erleichterung zu verbergen. Das Adrenalin schoss nur so durch seine Blutbahnen. Sein Oberkörper richtete sich auf wie ein Maibaum. Er war jetzt wieder am Drücker.

»Unter einer Bedingung«, sagte Uwe, nachdem Ronno ihn aufgefordert hatte, das Geld auf der Stelle herauszurücken. »Du bezahlst die Beerdigung.«

»Darum mach dir mal keine Sorgen«, versprach Ronno bereitwillig. So eine dämliche Eichenkiste, die paar Blumen und der trockene Bienenstich konnten schließlich kein Vermögen kosten. Als Uwe dann aber erklärte, sie müssten das Geld erst noch »wiederbeschaffen«, glaubte Ronno zunächst an einen schlechten Scherz.

»Du hast was?«

Ronno brüllte beinahe. Er packte Uwe am Kragen, zog ihn zu sich heran und schüttelte ihn.

»Es ist in einer Plastiktüte«, stammelte Uwe zu seiner Verteidigung. »Mit ein bisschen Glück hat sie es noch gar nicht bemerkt.«

Am liebsten hätte ihn Ronno auf der Stelle umgebracht. Dieser Möchtegern-Samariter hatte das Geld Viktors Mutter gegeben, hatte es ihr heimlich in die Handtasche gesteckt, während sie kurz den Saal verlassen hatte, um Krämer und seiner Frau für die Trauerfeier zu danken.

»Wenn wir uns beeilen, schaffen wir es vielleicht noch.«

Inzwischen machen sich Christa und Paul zum Gehen bereit. Der Wirt kommt hinter dem Tresen hervor. In seiner Hand baumeln die Schlüssel für die Fremdenzimmer.

»Ich hoffe, Ihnen war nicht langweilig«, sagt Christa, mit einer Mischung aus Scham und genügend Selbstbewusstsein, vom Gegenteil überzeugt zu sein.

»Nein, nein«, beeilt sich der Wirt zu sagen. »Ich würde mich freuen, wenn Sie mein Haus noch einmal beehren würden. Vielleicht ja schon im nächsten Jahr.«

Es klang, als würde er sich tatsächlich darauf freuen.

Christa legt sich die Handtasche über die Schulter und blickt ungeduldig hinüber zu Uwe.

»Was ist jetzt? Wir wollen ins Bett.«

»Ich bleibe noch hier.«

Paul und Christa sehen sich überrascht an. Auch aus dem Gesicht des Wirts ist das Lächeln gewichen, wie Quecksilber aus einem erkaltenden Thermometer. Klimpernd lässt er den Schlüsselbund unter seiner Schürze verschwinden.

»Wie, hier?« Christas Stimme klingt besorgt.

»Was dagegen? Außerdem würde ich gern noch etwas trinken, wenn's recht ist.«

Krämer stutzt. Das letzte Mal, dass er jemanden aus seiner Kneipe werfen musste, ist über zwanzig Jahre her.

»Was ist mit dir, Ronno?«

»Geht ruhig schon mal ins Bett. Ich bleibe auch noch.« Dann legt er Uwe einen Arm auf die Schulter. »Einer muss schließlich auf dich aufpassen, oder?«

Christa ist nicht im Geringsten überrascht. Ronno will sein Geld zurück, und er wird Uwe nicht eher in Ruhe lassen, bis er es wieder herausrückt. Die Frage ist nur, wie Ronno sich das vorstellt. Wie weit er bereit ist, dafür zu gehen. Uwe lächelt zufrieden. Genau das würde er gleich zweifellos herausfinden.

»Macht doch alle, was ihr wollt«, seufzt Christa und greift nach dem Arm ihres Mannes.

»Komm, Paul!«

»Soll ich Sie nach oben begleiten«, fragt der Wirt.

»Das ist nicht nötig«, antwortet Christa. »Passen Sie lieber auf, dass die beiden keinen Unsinn machen.«

Und weg sind sie.

»Sie haben noch nicht mal Tschüs gesagt«, stellt Ronno amüsiert fest. »Christa war ja richtig sauer. Wie die abgedampft ist, mein lieber Mann!«

Uwe nickt ohne erkennbare Gefühlsregung. Ronno grinst ihn breit an.

»Nur weil du mit deiner Brasilianerin bei ihrem Lieblingsitaliener warst? Pfffh, für wen hält sie sich? Miss Ellie?«

»Sie ist keine Brasilianerin.«

»Wer?«

»Ivy. Sie ist aus der Dominikanischen Republik.«

»Du sagst es, Mann.«

Uwe wendet sich an den Wirt.

»Wir nehmen nur noch einen Absacker.«

Krämer nickt grimmig.

»Bier oder Korn?«, will er wissen, »was darf es sein?«

»Bier und Korn, würde ich sagen.«

Uwe nickt.

»Natürlich«, murmelt Krämer. »Bier und Korn.«

Krämer füllt die Schnapsgläser randvoll. Anschließend lässt er die Flasche einfach auf dem Tresen stehen und putzt sich die Hände an seiner Schürze ab. Jetzt noch das Bier, dann hat er Feierabend.

»Wieso gehen Sie nicht einfach schon nach oben?« Uwe gähnt. »Wir wissen doch inzwischen, wo alles steht. Wir machen auch die Tür hinter uns zu.«

Unheil ahnend blickt Krämer auf seine Uhr am Handgelenk. Seine Frau kann jeden Augenblick aufwachen. Natürlich wird sie sofort bemerken, dass das Bett neben ihr noch unbenutzt ist. Für einen Moment macht sie sich vielleicht Sorgen, dann aber wird sie ihn anrufen oder gleich herunter in die Kneipe kommen.

»Das ist die letzte Runde«, sagt er bestimmt und stellt die beiden Biergläser auf den Tresen. Krämer nimmt die Flasche und schenkt sich ebenfalls einen Korn ein. Ronno und Uwe sehen bereitwillig zu ihm auf. In einer nahezu synchronen Bewegung schieben sie ihre gerade geleerten Gläser noch einmal in Richtung Flasche.

Krämers Sorgen sollten sich als unbegründet herausstellen. Zehn Minuten später waren die beiden Männer verschwunden. So unerwartet und plötzlich, dass Krämer nicht einmal bemerkte, wie Uwe die halb volle Flasche Korn vom Tresen nahm und unter seinem Jackett verschwinden ließ. Krämer brachte sie noch nach draußen und winkte ihnen hinterher, als sie in Ronnos Auto stiegen und vorsichtig vom Hof rollten. Anschließend kehrte Krämer in seine leere Kneipe zurück. Kopfschüttelnd räumte er die leeren Gläser ab, stellte die Hocker auf den Tresen und ging dann mit einem Eimer heißem Wasser noch einmal nach draußen, um Pauls Kotze vom Treppenabsatz zu wischen. Die kühle Morgenluft tat ihm gut. Sie erinnerte ihn aber auch daran, dass ihm unzweifelhaft ein harter Tag bevorstand. Erst dann ging er nach hinten in sein Büro und verständigte die Polizei.

22

Da mache ich nicht mit

»Das ist doch Wahnsinn, Uwe!«

Das Klirren der Fensterscheibe schreckt einen Hund in der Nachbarschaft auf. Ronno blickt sich nervös um, während Uwe durch das gezackte Loch in der Scheibe greift und den Fensterhebel umlegt. Mit einer einladenden Armbewegung überlässt er Ronno den Vortritt.

»Was ist? Willst du dein Geld nun wiederhaben oder nicht?«

Ronno zögert. Das Haus wirkt so friedlich im ersten Licht des Tages. Der Garten liegt noch im Schatten der Tannenreihe, die das Grundstück von dem des Nachbarn abgrenzt. Auf dem mit Tau bedeckten Rasen sind deutlich ihre Fußspuren zu erkennen. Sie setzen sich als nasse Fußabdrücke fort, die Steinplatten entlang zum Haus, die Kellertreppe hinunter, wo sich neben einer Metalltür das schmale Fenster befindet, durch das Ronno nun seinen massigen Körper zu zwängen versucht. Er flucht leise.

Uwe klettert hinterher. In der Waschküche halten beide einen Moment inne und sehen hinauf zur niedrigen Kellerdecke. Noch ist es ruhig im Haus. Aus der Ferne läuten die Glocken der Piuskirche. Ist es wirklich schon sechs?

»Hier muss es passiert sein«, sagt Uwe mit gedämpfter Stimme. »Da an der Wand, siehst du das?«

Ronno nickt. Wie bereits vor zwei Tagen wandern seine Blicke über den Betonfußboden, über die Kacheln an der Wand. Ronno hatte darauf bestanden, dass Viktors Mutter ihn hinunter in den Keller ließ. Alles war voller Blut. Eine verfluchte Sauerei war das. Jetzt ist davon kaum noch etwas zu sehen. Ronno fragt sich, wie sie das so schnell wieder sauber bekommen haben. Und wer?

Auch Uwe sieht sich nachdenklich um.

»Eins kapiere ich nicht: Warum hier?«

Die Frage hat sich Ronno auch gestellt. Dieser nach Waschpulver und Schuhcreme riechende Keller ist alles andere als der perfekte Ort, um sich das Leben zu nehmen. Jetzt, zwei Tage später, da nahezu nichts mehr auf die blutige Tat hinweist, beginnt Ronno zu verstehen, dass Viktors Entscheidung zumindest praktische Vorteile hatte.

»Vielleicht wollte er einfach keinen Dreck hinterlassen.«

Uwe starrt entsetzt auf den Wasserschlauch, der zusammengerollt über der Wandhalterung hängt, dann auf das kleine, quadratische Abflussgitter in der Mitte des Raums.

»Komm, Uwe, das bringt doch jetzt nichts«, flüstert Ronno und schiebt ihn weiter in Richtung Treppe.

Leise schleichen die beiden die Stufen hinauf. Vor einem der gerahmten Fotos, die den Aufgang zum Erdgeschoss zieren, bleiben sie stehen. Das Bild zeigt Viktor als Zwölfjährigen, zusammen mit seinem Vater, auf dem Treppenabsatz der *Alten Post.*

»Schau mal, Ronno! Ist das nicht vor der Kneipe?«

Oben im Flur entdecken sie den Mantel der Mutter. Fein säuberlich hängt er an der Garderobe. Auch die Schuhe stehen an ihrem Platz. Von ihrer Handtasche fehlt jedoch jede Spur.

»Wie sieht das verdammte Ding überhaupt aus?«

»Braun. Alt.«

Ronno stößt einen zischenden Laut aus. Was für eine Schnapsidee! Einen Augenblick lang stehen beide ratlos vor der Garderobe. Plötzlich hält sich Uwe den Finger an die Lippen und lauscht. War da nicht ein Geräusch? Vielleicht aus der Küche? Ronno will weiter, aber Uwe hält ihn auf.

»Warte! Weiter können wir nicht.«

»Warum nicht?«

»Wir werden die alte Frau zu Tode erschrecken.«

Ronno macht sich los.

»Zieh jetzt bloß nicht den Schwanz ein, Uwe! Es war deine Idee.«

Vorsichtig öffnet er eine der Türen. Sie führt ins Esszimmer. Hat hier nicht vorgestern eine Tasche gehangen? Über einem der Stühle? Ronno versucht sich zu erinnern.

»Hier ist nichts«, flüstert Uwe, als sie vor dem mit Beileidskarten bedeckten Esstisch stehen. Erneut ist ein Geräusch aus dem oberen Stockwerk zu hören, eine Klospülung. Erschrocken sehen sich die beiden an.

»Lass uns abhauen!«

Uwe wendet sich bereits zur Tür, aber Ronno packt ihn am Arm.

»Bleib gefälligst hier«, zischt er ihn an. Ronno scheint jetzt zu allem entschlossen. Mit dem Finger deutet er in Richtung erster Stock.

»Wir müssen oben nachsehen.«

»Aber sie wird uns erwischen.«

»Na und?«

Uwe schüttelt den Kopf.

»Da mache ich nicht mit.«

»Oh doch, das wirst du! Du hast uns diese ganze Scheiße schließlich eingebrockt.«

Uwe sieht ihn fragend an, dabei sind Ronnos Worte so unmissverständlich wie ein vorgehaltener Gewehrlauf.

»Los, vorwärts!«

23

Schläfst du schon?

»Paul?«

»Ja.«

»Schläfst du schon?«

»Nein.«

»Was machen die beiden wohl gerade?«

24

Aber dann kommst du zurück?

Auf der Mitte der Treppe recken Ronno und Uwe die Köpfe. Viel ist nicht zu sehen. Die vier gegenüberliegenden Türen im ersten Stock sind allesamt verschlossen. Nur die Tür zum Bad steht offen, sodass etwas Licht in den Flur fällt.

»Sie muss wieder ins Bett gegangen sein«, flüstert Uwe über die Schulter. Ronno ist dicht hinter ihm.

»Los, weiter!«

Vorsichtig nehmen sie die nächsten Stufen. Oben befindet sich eine weitere Garderobe. Auf Kleiderbügeln hängen der Faltenrock und die schlichte Bluse, die Viktors Mutter am Nachmittag getragen hat. Auch die schwarze Strumpfhose hat sie ordentlich über einen Bügel gelegt. Aber keine Handtasche. Ronno überlegt fieberhaft. Wahrscheinlich hat sie das Geld längst entdeckt und die Handtasche unter ihrem Bett versteckt.

»Was machen wir jetzt?«, will Uwe wissen. Die Worte hat er mehr mit dem Mund geformt als mit seiner Stimme. Ronno deutet mit dem Finger auf die erste Tür auf der linken Seite.

»Wir gehen da rein.«

Uwe zieht die Augenbrauen hoch.

»Bist du irre?«

Ronno nimmt die Strumpfhose vom Bügel und reißt sie in zwei Teile.

»Hier. Zieh dir das über.«

Mit den Daumen dehnt er das Strumpfbein, bevor er es sich über den Kopf stülpt. Dann dreht er sich zur Seite und betrachtet das Ergebnis im Garderobenspiegel. Von der Maskierung hat er sich mehr versprochen. Im

Grunde sieht Ronno noch immer so aus wie vorher, nur eben mit einer schwarzen Strumpfhose über dem Kopf.

»Hör auf zu lachen!«

Mit der Hand vor dem Mund japst Uwe nach Luft. Die weit aufgerissenen Augen verleihen ihm etwas Hysterisches. Ronno hätte ihn am liebsten geohrfeigt. Aber Uwe dreht sich von ihm weg, zieht sich schnaubend den gespreizten Strumpf über den Kopf und tritt ebenfalls vor den Spiegel. Durch das schwarze, sich dehnende Nylon hindurch wirkt sein lautloses Lachen noch beängstigender. Als sei er übergeschnappt.

»Wir sind erledigt, Ronno. So oder so.«

Im gleichen Moment klingelt es an der Haustür.

»Wer kann denn das sein?«, fragt eine Frauenstimme aus dem Schlafzimmer. Die alte Schachtel redet also tatsächlich schon mit sich selbst. Ronno packt den vor Schreck erstarrten Uwe und zieht ihn in das gegenüberliegende Zimmer. Im allerletzten Moment schließt er die Tür hinter sich, ehe Viktors Mutter im Flur erscheint. Ronno und Uwe rühren sich nicht von der Stelle, während sie den Schritten auf der Treppe lauschen. Erst als unten die Haustür geöffnet wird, geht Uwe zum Fenster hinüber. Auf der Straße parkt ein Polizeiwagen.

Stimmen sind zu hören. Die zwei Beamten, ein Mann und eine Frau, stellen sich kurz vor, entschuldigen sich für die frühe Störung und erklären Viktors Mutter den Grund ihres Besuchs. Die Einsatzzentrale habe einen Einbruch in ihr Haus gemeldet. Davon wisse sie nichts, sagt Viktors Mutter.

Ronno ist ebenfalls ans Fenster getreten. Das Dach einer angrenzenden Garage scheint ihre einzige Fluchtmöglichkeit zu sein.

»Warte«, hält ihn Uwe zurück. Unten hören sie die Polizistin einen Vortrag über die gestiegene Zahl an Einbrüchen in der Gegend herunterleiern.

»Sollen wir nicht besser nachsehen?«, fällt ihr der Kollege ungeduldig ins Wort.

Ronnos Hand liegt bereits auf dem Fenstergriff.

»Das ist unsere letzte Chance«, sagt Uwe und deutet in Richtung Flur. »Das Schlafzimmer. Wir müssen im Schlafzimmer nachsehen.«

Uwes plötzlicher Wagemut lässt Ronno misstrauisch werden. Will er ihn am Ende nur in die Falle locken? Uwe lässt sich nicht beirren. Entschlossen durchquert er das kleine, vollgestellte Zimmer, das offenbar zum Bügeln genutzt wird. Er öffnet die Tür einen Spaltbreit und lugt hindurch. Erschrocken zieht er den Kopf wieder zurück und versteckt sich hinter der Tür. Uwe ist kreidebleich. Viktors Vater steht im Flur. Er trägt noch immer den schwarzen Zweireiher vom Vortag. Flüchtig betrachtet er sich im Spiegel, fasst sich mit der Hand durchs Haar. Dann geht er mit schweren Schritten die Treppe hinunter. Ronno starrt entsetzt auf den offenen Türspalt. Es grenzt an ein Wunder, dass Viktors Vater ihn nicht gesehen hat.

»Guten Morgen«, begrüßt er die Polizisten.

»Los, Ronno! Jetzt oder nie.«

Während Viktors Eltern die Beamten davon überzeugen, dass eine Hausdurchsuchung nicht notwendig ist, huschen die beiden ins Schlafzimmer. Ronno entdeckt die Handtasche auf dem Nachttisch als Erster. Sie scheint ungeöffnet zu sein. Vorsichtig zieht er den Reißverschluss auf und holt die Plastiktüte heraus. Mit geballter Faust hält er sie Uwe entgegen.

»Und jetzt nichts wie raus hier!«

Sie durchqueren den Flur ein zweites Mal, schließen die Tür und gehen hinter einem Tisch voller Wäsche in die Hocke. Durchatmen.

Unten verabschieden sich die Polizisten und entschuldigen sich nochmals für die frühe Störung. Als sie in ihr Auto steigen, hören Uwe und Ronno durch das geöffnete Fenster, wie sich der männliche Beamte darüber beklagt, dass mal wieder irgend so ein Landei falschen Alarm ausgelöst hat.

Nachdem die Polizisten davongefahren sind, will Ronno aufstehen, aber Uwe legt ihm eine Hand auf die Schulter. Der Sprung auf das gegenüberliegende Garagendach ist nicht ungefährlich. Er deutet Ronno an, erst mal abzuwarten. Von unten ist nichts mehr zu hören. Vielleicht sind die Eltern in die Küche gegangen.

»Bleibst du nicht wenigstens zum Frühstück?«, fragt die Mutter enttäuscht. Viktors Eltern stehen noch immer im Hausflur, der Vater in seinem Beerdigungsanzug, die Türklinke bereits in der Hand.

»Nein. Ich will erst mal duschen.«

Viktors Mutter zieht ihren Morgenmantel enger um die Schultern.

»Du weißt doch noch, wo hier die Dusche ist, oder?«

»Ich muss mich umziehen, Helga.«

Eine Pause entsteht.

»Aber dann kommst du zurück?«

Die Sekunden vergehen erbarmungslos, ehe sich die beiden endlich in den Arm nehmen.

»Ja.«

Ronno und Uwe sehen sich an. Ihr Blick fällt auf den Stapel aufgefalteter Wäsche, der größtenteils aus Badetüchern und alten Bettlaken besteht. Aus einigen ist das Blut nicht richtig herausgegangen.

Unten öffnet sich die Haustür und fällt wieder ins Schloss. Kurz darauf sind Schritte auf der Treppe zu hören. Noch einmal halten die beiden den Atem an. Dafür, aus dem Fenster zu springen, ist es jetzt zu spät. Aber das ist auch gar nicht notwendig. Viktors Mutter geht direkt ins Schlafzimmer. Sie schließt die Tür hinter sich und legt sich zurück ins Bett.

Ronno wirft einen Blick in die Plastiktüte und schließt zufrieden die Augen. Der Anblick des Geldes lässt ihn plötzlich müde werden. Müde und dankbar.

»Wir machen halbe-halbe, okay?« Ronnos Stimme klingt heiser wie die des alten Hundes, der draußen noch immer bellt, als gehe es ihm an den Kragen.

»Nein, lass nur«, antwortet Uwe. Dabei lässt er seinen Kopf nach hinten gegen die Wand sinken. »Ich will das Geld nicht.« Während er aus dem Fenster sieht, auf den roten, in der Sonne glänzenden Giebel des Nachbarhauses, gähnt er. Dies wird zweifellos ein wunderschöner Tag.

»Gib mir lieber irgendwann mal ein Bier aus.«

Als Uwe sich zu ihm dreht, lächelt Ronno ihn an.

»Mach ich. Du siehst übrigens ziemlich bescheuert aus mit diesem Ding auf dem Kopf.«

Uwe spürt, wie sich das schwarze Nylon über seine breit grinsenden Wangen spannt.

»Und du erst.«

Frank Schliedermann wurde 1973 in Eickelborn, Westfalen, geboren und arbeitete einige Jahre als Werbetexter für Autos, Deos, Motorsägen und Haarwuchsmittel, ehe er sich in der 86. Spielminute beim Fußball den Knöchel brach. Ein Abstaubertor – und ein literarischer Neuanfang. Seit 2014 wurden mehrere seiner Kurzgeschichten veröffentlicht sowie bei Wettbewerben prämiert. Er lebt in Hamburg, ist verheiratet und hat zwei Kinder.
www.demutunddisziplin.de